程明琤・著

如是我在

人生免不了殘缺，拼圖中的裂隙是無可彌縫的。然而，那些曲曲折折的裂隙，也正是一幅圖畫能夠拼成的所在。

短序——如是我在

從前集篇成冊出書時，偷懶將其中較為重視或喜愛的一篇作為書名·好像那也是一時的風氣，但為這一本書定名時卻無法那樣倣效，原因是這本書的內容較為參差複雜，思考再三後，仍無法做決定。

忽然記起從前偶而翻讀佛教經典，常遇到這樣典型的開端語：如是我聞。這樣一開端後，才有種種敘述，佛曾經如何講道。我又想起一句不學哲學也知道的笛卡兒名言：我思故我在。於是，我一動靈機，順手拈來，定下書名：《如是我在》。

「在」即是存在，也是曾經如是的生活體驗和人生經歷，以及對人類存在的歷史文化種種感觸。

我將內文按性質分為三個部分。第一部多是這些年來在美國《世界日報》發表的較長的篇章，其中〈妞妞和寶比〉是早年在《中央日報》副刊發表的有關女兒成長中的一個特殊故事，放在第一篇，多少隱喻了時間消長所帶動的人世變化，從變化的近處看，是個體的成長或亡逝，從遠處看，可以是一個民族的沉淪或掙扎。

要一提的是篇頁中的附文，那是從我的已出版著作中摘取而附於文下，目的是為了使讀者有一個更完整的閱讀經驗，因為文與文之間有連帶的主題或主體（人物）關係。

第二部是遷居西雅圖之後，應《世界日報》副刊主編田新彬之邀而撰寫的專欄，因為這一專欄的撰寫，推動我除了適應環境外，更對西雅圖的文化氛圍有所感受，對不同地區有所尋訪，對日常生活見聞也敏於思考，這是我應心存感激的。

三篇附文的加入，理由和出處如前所述。

而平時山居日常中，窗外的山光水色，晨昏陰晴，加上西雅圖秋冬綿綿如織的細雨輕霧，時時提醒我遷居生涯中的歲月淹忽。

第三部的作品是我在散文寫作的長期過程中，偶而靈感一動所成的小詩，或應邀而寫的詩刊作品，發表於早年的《中央》副刊及後來的《世界》副刊，少數發表於香港的《素葉文學季刊》，這些詩在時間上相隔斷續，但都是心靈輾轉於不同生活階段的點滴痕跡。

三部加起來，如是我在。

目次

第二部　心影湖山

第三部　往事如詩

第一部
大千塵路

▲一九七八年，在非洲的坦桑尼亞，乘吉普車去世界最大的國家公園動物保護園區Serengeti，途中下車拍了這一張照片。

妞妞和竇比

「竇比，回家了！」妞妞跳上單車一面呼喚她身旁的狗，所謂回家，那只是就狗而言，牠每天午後便在妞妞家前盤桓。石頭巷的鄰居們看到牠時，總不免會心而笑：「竇比又在等妞妞了！」妞妞放學回家後，書包一扔便帶著竇比去田野中玩耍，暮色漸濃時，她知道她該送竇比回家了。

妞妞緩緩地騎著單車，從家門口騎出石頭巷來到落日街。竇比跟在妞妞車後不快不慢地走著。落日街上的夕陽，融融地照在他們身後。妞妞不時地回頭看竇比是否仍跟著她，有時候，她必須輕輕喚牠，提醒牠別又跑開去，因為天快黑了，牠必須回家。

落日街的盡頭是商人巷，在商人巷往右轉，穿過樹林，上坡後便可以看到那座農莊式的白屋，那就是竇比的家。到了白屋前，妞妞小心地將單車靠在騎樓邊，一面從口袋裡掏出鑰匙，竇比在她身旁等候著。門開了，屋內是漆黑的，夕陽的餘暉穿不透那重重簾幔。簾幔裡是一個曾經美滿卻早已破裂的沉寂世界。妞妞將竇比放進屋內，門便砰的一聲關上了。她騎上單車向家中馳去。落日街的夕陽已倏然褪去，只西邊天上一片絳紅，路兩旁的人家已亮起了燈光，「只有竇比家總是黑黑的……」妞妞悵悵地想。腳下的輪子踏得更快了，隨著飛馳的車輪，她送走了她生活中的另一天。明天，明天還是一個美好的日子，寶比仍將在陽光下搖著尾巴迎她。好久以來，她那因為寶比而一度充滿猜測、疑惑和騷擾的世界，又重新天清地寧起來。只是，在她小小的世界裡，已不再僅是爸爸媽媽為她砌造的歡樂童年，還有寶比無意間所穿插的另一番面貌的人生。

去年夏天那個下午，妞妞家突然出現一條其貌不揚的雜種狗，使從來沒有狗的石頭巷起了一陣哄，附近孩子們一窩蜂地跑來，圍著那條狗嬉鬧。要牠撿球啦！要牠跳高啦！牠可總是一動不動，瘟瘟地蹲在地上。孩子們不甘心於牠的不服從命令，大夥兒開始對牠評頭論足起來，說牠醜啦！說牠笨啦……只有妞妞站在一邊悶聲不響。過了一會兒，孩子們沒趣地散了開去，留下妞妞伴著那條狗。

夏天午後的陽光懨懨地曬著，那條狗比午後的慵懶還顯得無力。牠那不黃不黑的毛，看來就像地上被曬枯的草，使牠更讓人覺得生氣怏怏。妞妞蹲下身來憐憫地撫摸牠，牠便溫順地嗅了上來，體察出妞妞對她的善意。牠的頸下叮噹地掛著幾個鋁製小牌子，妞妞低頭察看：一個是免疫證明，另一個上面寫著：「我叫寶比，我住五八三六麥德森大道」，還有一個是當地的狗牌，上面寫著屬主的名字：橋威廉，以及電話號碼。「哦！你叫寶比！」妞妞高興地喊，一面進屋盛了一盆水拿給牠喝，牠喝了幾口，停了下來，然後又往盆裡嗅，顯然十分饑餓。妞妞便從冰箱裡拿出幾條「熱狗」，牠一看，來不及等妞妞遞給牠，便跳起來搶食了。妞妞開始猜測寶比是因為饑餓而覓食來到她家前的。她那慣於編湊故事的腦子便開始想像寶比覓食的「歷險」故事。她一邊想，一邊喚寶比跟她去附近野地玩耍。吃過東西的寶比也突然精神起來了。

從野地回來時，天色漸晚，爸爸已下班回來。妞妞想橋先生和家人現在一定在家吧！她按著寶比頸下鋁牌上的電話號碼打電話給橋先生，通知他寶比在此。可是電話鈴在耳邊響著，沒有人應接。天黑了，寶比被關在門外，妞妞站在門口命令牠回家時，牠蹲在草地上一動不動地朝她望著。十點，媽媽吩咐妞妞上床，她換上睡衣後便悄悄下樓開門察看。寶比仍蹲在原處朝她望著。她上樓再打電話，奇怪，橋先生家仍是「空城」。妞妞只好上床，兩手墊在腦後，眼睛瞪著天花板，腦海裡難以拂去寶比在黑暗中朝她望著的臉。

第二天一早，妞妞起來後第一件事便是開門看寶比是否仍在。

只見寶比向她迎來。一夜間，妞妞對寶比更感親切了。只是她對寶比的疑問也更形複雜起來：「難道牠是因為迷路而闖到這兒來的嗎？為什麼寶比家那麼晚還沒有人呢？要是他們回來發現寶比不見了會怎樣著急呢？」她這麼一想，便又趕緊回屋打電話，電話鈴仍然一樣在耳邊不停地響著；沒有人應接。「會不會他們一大早就去找寶比了？美國人都是將狗看作寶貝一樣的，我今天不帶寶比去野地跑了，免得他們來找寶比時我們又不在……」妞妞想了半天仍是不能安心下來。但是那天她守住了自己的諾言，一整天只在家附近盤桓著。可是一天又過去了，寶比的主人並沒有來到石頭巷找牠，晚上妞妞又打電話，還是一樣沒有人應接。「明天我要自己送寶比回家。麥德森大道的五八三六號不會太遠……那個電話也許不對……」她這樣一想，這樣一決定，好像便安心些。

第二天，妞妞果然打聽到了寶比家的所在。黃昏時，她照著指示騎上車，帶著寶比，由石頭巷騎過落日街來到商人巷後往右轉，穿過樹林上坡後便看到寶比的家了，那座掩映在林蔭下的白屋，踞臨坡上，正好面對著交通頻繁的麥德森大道。妞妞單車靠在騎樓邊，拾級走上騎樓。白屋的前門緊緊關著，門邊掛著宅主的門牌：五八三六，橋宅。沒錯。

夕陽中的白屋顯得分外寂靜和神秘。妞妞張望著，看不出屋內有任何動靜。她惴惴地舉手敲門：「篤篤！篤篤！」叩門聲敲碎了凝凍的空氣，清脆流亮。但繼來的仍是一片凝寂。她再三敲叩，寂靜卻一次比一次更沉重了。妞妞的腦子又開始忙碌起來，她做了各種不同的猜測。最後的結論是：「橋先生一家人去渡假了，他們一定將寶比託付給附近的那一家鄰居，哪曉得鄰居不負責任，老是不記得餵牠，所以牠才到處找東西吃，所以牠才闖到我們家……」妞妞越想越對，便理直氣壯地寶比帶回家暫時領養。

一星期後，妞妞仍騎上她的單車，在夕陽中來到那林蔭下的白屋。「篤篤！篤篤！」妞妞舉手敲門，還沒一分鐘，門就呀的一聲開了。一個滿頭銀髮的老太太出現門口。妞妞訥訥地將看顧寶比的前後敘述一遍，老太太聽完便溫和地謝了她，並沒有解釋什麼。妞妞正要轉身離去時，老太太將她喚住，笑著問：「妳喜歡寶比嗎？」妞妞毫不遲疑地答：「喜歡！」一個星期來她和寶比已形影不離了。然後，老太太又問：「妳願意領養寶比嗎？」這一下，妞妞反而不知所措起來；一陣驚喜後帶著失望的神情說：「我媽媽不會讓我……。」老太太點點頭，又再道謝了一遍。妞妞說了聲再見便跳上單車飛快回家。一路上她都在為寶比高興，想像著牠重新回到主人懷抱中的歡樂。然後她又十分不解地想：「為什麼老太太問我要不要領養牠呢？」於是，她又自解地下結論：「對啦！他們都老了，孩子都上大學走了，寶比很寂寞，所以……」

第二天，出乎妞妞意外地，寶比又在前院出現了。傍晚時，又要妞妞送牠回家。漸漸地送寶比回家變成妞妞每天例行的差事，但她樂此不倦。也因此，她心裡逐漸滋長著對寶比的關切和責任感。突然，有一天，老太太交給她一把鑰匙，告訴她橋先生每天很晚才回來，假如沒人在家，她可以逕自開門將寶比關進屋內。老太太並叮著千萬別把鑰匙丟了。那以後，妞妞再也沒有見到那個老太太。而每天傍晚，寶比總是被獨自關進那白屋簾幔裹住的沉沉黑暗中。妞妞的迷惘更深了，她再也下不了結論了。那間白屋在她心中引起的神秘感也一天一天地加重起來。

不久妞妞開學上課，一個長長的夏天就無聲無息地被遺忘了，失去了孩子們嬉笑的石頭巷也顯得沉寂起來。偶爾鄰居們會聽到寶比追趕陌生車輛的吠聲，他們知道寶比並未因石頭巷失去的童喧而消匿。牠仍然每天來到妞妞屋前，不懈地等待她放學回家，等待她帶牠去野地玩耍。暮色漸濃時，只消妞妞一聲喊：「寶比！回家了！」牠便會乖乖地跟在她單車後面，亦步亦趨地走完牠另一天的日子。

秋意漸濃時，霜華為萬樹憑添錦綉。黃昏時分，落日街的夕陽將西風中紛飛的紅葉映成旋舞的彩蝶。妞妞和寶比共披一天霞彩，在秋色繽紛中緩緩同行。時光的漸老卻更燦爛了他們之間共砌的歡樂。那騎著單車的中國小女孩和她身後的狗，早已成為黃昏時人們所熟悉的一幅圖畫。

當紅葉舞盡了伶仃，冬天便悄然來臨，妞妞仍冒著每個冬暮的蕭瑟和寒冷，忠實地例行她對寶比的責任。只是，夜來得太早，五點半天便黑了。在冷寂黑暗中騎車回家的妞妞，更能體會寶比被關在黑暗中獨守空屋的寂寞。

時日荏苒，冬寒漸輕，日子也慢慢地變長了，空氣裡的凜冽已被隱約的春消息攆走，傍晚送寶比回家的妞妞，有時也感到風裡偶而揚曳的絲絲暖意。永恆的韶光又在滋長著人間另一新歲的繁華。

一個暖洋洋的下午，寂靜的石頭巷突然發生一陣騷擾：竇比被巡邏員警給抓走了。依照美國地方法律，狗是不允許隨意放出的，放出時必須鏈著，或限於屬主所居鄰近地帶。竇比因追趕警車而被發現牠並不屬於石頭巷任何人家。於是牠被抓走了，關進了動物拘留所的鐵柵中，等待主人被通知交罰款後贖回。孩子們放學回來，得知竇比被抓的消息後都嘆息著：「可憐的竇比！」、「可憐的妞妞！」。大家都知道妞妞和竇比是分不開的。只是孩子們的同情並不能減輕妞妞心中的憂慮。她不知道竇比的主人會不會牠贖回。若不被贖回，竇比則將被處理，所謂處理，即是慈善殺害，打針讓動物安然長眠。若是被贖回，竇比的主人必不再放牠出來，可憐的竇比便從此沒有自由了。果然，那以後的兩個星期，竇比沒有再在石頭巷出現過。妞妞心裡很落寞，人也沒精打采起來。一個人在附近的田野中走著，想著一些她不能解答的問題。她原來簡單清明的世界，卻因為竇比，很久以來變得似乎有點凌亂而複雜起來。

一天，妞妞放學回家，前院草地上赫然坐著竇比，她大叫：「竇比！」竇比跳上來舐她抓她，大家高興成一團。傍晚時，妞妞照例送竇比回家。意外地發現白屋裡亮著燈光。她遲疑地走上騎樓舉手敲門，心裡噗通噗通地跳著。門開了，一個男人出現門口，他臉上留著鬍子，身上穿一件花襯衫。「嗨！妳是妞妞吧！我是橋先生！」雖然橋先生的聲音十分溫和，但妞妞卻「啊」了一聲，怔著了！橋先生並不是像她猜想中那樣老，他看來三十多歲吧，像爸爸那種年齡。那……那個老太太是誰？妞妞正狐疑間，橋先生又開口了，他先謝謝妞妞對寶比長久以來的照顧，然後他提到寶比被抓、被贖，以及被鏈鎖在騎樓方寸間。他說寶比在那兩個星期中十分不快樂，常常不吃東西，要是再像以前那樣放出去，牠難免不再被抓起來，那時牠的主人除了罰款外，還得受地方警局的警告，說完他嘆了口氣，他的眼光在濃重的眉睫間突然顯得十分溫柔。他問妞妞可還記得去年夏天那個老太太？妞妞眼睛一圓：「當然記得！」然後，橋先生若有所思地一本正經地告訴她：「那個老太太是我的母親，妳記得她問過妳願不願領養寶比，是吧？去年夏天我太太帶著兩個孩子離開我了，我們分居了。分居，懂嗎？他們不和我一起住在這兒了。我母親便從西部來陪了我一陣。她來以前那段期間，寶比很可憐……」他說到這裡停了一停，改口問妞妞現在能不能領養寶比，他又說他沒法照顧牠；而且，他在報館工作，深夜才能回家。妞妞無奈地搖搖頭：「我媽媽說，我們常常回台灣，不能養狗。」橋先生點點頭，然後聲音變得低沉起來：「妞妞，聽著，我現在唯一的辦法是將寶比送往動物保護所申請讓人領養，牠要是沒人要就只好被打針長眠了，妳會瞭解我這種決定的，是嗎？」妞妞聽橋先生這麼一說，心裡慌了起來，脫口而出：「請你不要！我……我再去問問媽媽！」橋先生溫和地摸摸妞妞的頭髮，答應她明晚等她回信。妞妞跳上她的單車，向家中馳去。

這麼久以來，那白屋簾幔中所罩住的神祕感，在妞妞心中就這樣突然消逝。她那在腦中拼拼湊湊的橋先生的故事，也一下子真相大白。然而這個故事，就像橋先生簡短的敘述一樣，聽來好像十分平凡。她想起她平時所玩的拼圖遊戲，那些剪裁設計得複複雜雜的小拼片，等拼成了，也不過是一幅極平常的圖畫。然而，在拼成這幅圖畫的過程中，她必須經歷一番猜測和迷惑。在她生命的成長中，她將不斷地從迷惑和猜測中，去發覺這大千世界裡的平凡人生，去經驗這人生故事中的喜怒哀樂。而且她也會瞭解，人生將免不了它的殘缺面，拼圖中的裂隙是無可彌縫的；然而，那些曲曲折折的裂隙，也正是一幅圖畫能夠拼成的所在。寶比在橋先生婚姻的裂隙中，無端地受著磨難，但也無端地贏來了一個小女孩無條件的友情，牠破裂的世界便因著這份友情，在橋先生和妞妞之間重新拼合起來。只是這個拼合的世界，難道又將因為另一個抉擇而終了嗎？妞妞想到寶比或被打針長眠時，眼睛開始熱起來，心裡又重新起了澎湃。

到了家，妞妞砰的一聲將門推開，媽媽正迎著她走來，卻訝異地發覺她臉上的淚痕。於是，妞妞顛七倒八地將橋先生故事敘述了一遍，並特別提到橋先生對寶比的決策。她要媽媽對寶比的命運做一個更好的解決。媽媽愛憐地看到妞妞眼中閃閃的淚光，便答應她明天設法。夜裡，妞妞躺在床上聽見媽媽在和爸爸商量什麼，但她聽不清楚。夢裡，她看見寶比在田野中跑跳，也看見牠在鐵柵中待斃。

第二天，妞妞放學回來，寶比又在院前迎她，她戚戚地撫摸牠，無心帶牠玩耍。因為她擔憂著媽媽給她最後的答覆。她朝著家門走去的腳步變得一步比一步沉重。終於，她推門而入，媽媽告訴她，當地警局聽了妞妞和寶比的故事後，已准寶比註冊為兩家所有。這樣，寶比將不會因不屬於石頭巷而被捕。但是妞妞必須仍舊每晚送寶比回家，因為事實上橋先生仍是寶比的主人。妞妞聽完，雀躍若狂，傍晚她帶寶比回家時，迫不及待地向橋先生報告這一消息。橋先生欣然微笑：「所以，一切都解決了！我們都願寶比快樂地活著，是嗎？」

妞妞騎車回家時，心裡暖暖的。暮靄中，她覺察到樹枝已開始抽芽了，她知道，春天不久就要到來，她將有更多美好的時光。明天，明天仍是一個美好的日子，寶比仍將在陽光下迎她。

▲寶比很喜愛妞妞（妞妞即程明琤的獨生女）。

▲妞妞在家中和寶比玩耍。妞妞當時十歲，寶比後來和主人遷往加州。

回來，也很好

文壇傳訊，說我回台定居。回台固為事實，卻是居而未定。

怎麼忽然回台呢？長話只能短說。

丈夫三年前應邀回台任職，期滿後理應返家。但在「盛情難卻」下，臨時決定再留任三年。不過，他宣稱「內在美」的「太空人」角色已告期滿，該輪到另一半來做小小犧牲。好吧！男女平等。

只是，辭教回台並不難，難的是，維州老家如何安排？家中雖沒有「家財萬貫」，倒也可以誇稱「藏書萬卷」。加上裡裡外外親植的花花木木，老屋日常，何止不忍喻作「浮生」，且還戀棧得柢固根深。思來想去，無法搬遷，只有全部託管保留。從此後，我就是地球村裡的一枚「生命梭」，台北－維州間，往返穿織，直到　織完這三年歲月的人生衾。

風椰樓

台北居所原在辛亥路的羅曼羅蘭大廈，機構遷往天母後，住址也就近隨遷。現址是一座屬於私家產業的五樓建築，沒有樓名。左右底樓前各有庭園，除種有綠疏紅卉外，還分植了四株大王椰樹，支空直驅三樓騎廊。我們就住在右邊兩棵翠椰拂廊搖風的三樓。那左右四株椰樹，是我初居天母尋歸家門的標誌。私自名之為「風椰樓」。

對我來說，天母是一處完全陌生的地方。據云，遠在美援時代，這一帶是美軍眷屬區，後來蔚為使節駐居地。目前，各國大使館辦公樓集遷於此。當年的美國學校，早已更名為台北國際學校。居家天母的人，自當有外商僑眷。大街小巷，各色人種，可謂司空見慣。

地形上看來，天母環山處谷。站在街頭等紅燈，會讓我想起那句詩「山從人面起」。風中掠髮抬眼，總覺黛巒掃眉。天母街市，也規劃得頗為整齊。主軸路線輻分天母的東、西、南、北。中山北路從台北市中心延引相接，而忠誠大道，坦坦環抱。大道上，有可供停車的購物商場，各國風味的餐飲店，競相櫛比招徠。然後，時裝店、古玩店……不一而足。人說，天母是時髦族週末消費和消閒的慣往所在。

不過，天天住在天母的人卻在繁華之外，度著平實的日常。鄉土式的傳統市場，雖比不上超級市場的整潔明淨，卻更多幾分豐富的民生姿彩。從新鮮蔬果，到滷味、油飯，凡「煮婦」想到的，恐怕都無所匱乏。

「……我的兄弟啊！吃和喝，都不是空洞的東西哪！」查拉圖斯特拉如是說。尼采透過「老查拉」的口吻，教誡十九世紀的歐洲人，要脫離祈求天國的「童稚」心願，學為「成人」，來尊重生活、擁抱人間。卻因而飽受非議和排斥。而遠在兩千多年前的中國哲人莊周（莊子），就以驚世的詼謔，直指「道在屎尿」。誰曾駁斥過他呢？沒有生活現實，哪來心靈超越？

市場裡，也不止是供給吃和喝的生活物質，還有讓人悅目賞心怡情養性的盆栽花卉。第一次尋入市場時，就被各色各樣的蘭花吸引住了。有些色彩只能泛泛地稱之為「奇麗」，無法以任何既有的顏色概念來形容。宇宙自然中何止還有千萬無以用人類語文來名狀的情境？太美的人或事，中國人慣於神之仙之。藝文中只能意會的高妙境界，也只能謂之「神韻」。時至今日，西方人也開始有同樣的領悟：「最根本、最完全的真理就是『神話』」（語出Ortega Y Gassel，西哲）。

從市場抱了一盆蘭花回家將它安放在客廳玻璃檯上，一翹首，落地窗外的騎廊邊，大王椰撐著彎彎葉弧，在風中翦翦而動，翦低了樓外蒼穹。轉身越過道，來到廚房，廚房的大窗遙對騎廊。大窗迎目照眼的，是陽明山上華岡文化大學的古典樓宇。飛簷黃瓦，有時在晴日下閃光，有時在雲雨中隱約縹緲。我就在風椰山景間，調理著天母天天的生活五味。

土地廟

初在天母住下後，並沒有和任何人連絡，只想身閒心也閒地先去熟悉市區環境。那些日子，我像遊魂似地行街走巷。

街巷中都有店舖，常是人車爭路。只偶爾在某個轉角處，有小販設椅枯坐，那獨坐中的靜默，在街巷的奔碌中，勾出一抹清寂。攤子上的果實或玩具，滿滿地堆著，透顯不出生涯裡的際遇和愁情。有一次不知怎麼就穿出了側街小巷，來到車輛急馳的中山北路六段。路那邊有公園，榕蔭鬱鬱，榕鬚拂拂。其間還有桌椅供人閒坐或野餐。鄰接這段公園的，是穿流天母的磺溪。

拾級來到溪畔，堤邊建有鐵欄杆，可以依欄抬頭看山，也可以俯欄低頭看水。磺溪的水帶著硫磺味，想是從山那邊北投地帶流來，但卻不知又流往何處？堤路邊野花扶疏隔開鬧市，挹出一道清幽。

順溪流而行，來到一座橋頭；過橋，便來到「福德正神」廟。所謂福德正神，就是民俗信仰的「土地公公」。土地廟是各處鄉莊都供奉的社稷守護神，但大多廟型矮小。磺溪畔的土地廟相對地顯得宏高，廟側還有管理處。由廟前石柱鏤刻的蟠龍鐵圍欄來推想，管理處想也為守護廟中文物而設。台灣的許多廟宇，連神壇也建有鐵欄，以防不法者偷盜。商潮，衝激著「神聖」。神像雕塑可以成為換取金錢的奇貨，我但願，磺溪畔的「土地公公」不僅守得住天母市面外在的繁華，也守得住天母居民內在的「福德」。

過橋尋路回家時，想起先師台靜農先生。先生在世時曾應子女之請而觀遊美國。回台後對人感喟：「美國有什麼好？沒見有一個土地廟。」先生逝世後葬金山墓園，依山面海望鄉。想魂魄一縷，早已回歸故里。我們這一代，走在地球村裡，很難說哪裡是故里家園。可以確知的是，我們心鄉中的「土地廟」，就是走到哪裡就帶到哪裡的語言文化。

下雨天

有一陣子台北天天下雨，十分潮冷陰寒，我像一隻蝸牛，鎮日躲在藏身的樓殼裡。卻在此時，來了加州女作家張燕風。她回天母陪伴她獨居的母親，電話裡談及台北國際書展，說次日書展場節目中有小說家王文興的座談，還有海外歸來的詩詞家葉嘉瑩演講，我於是振作起來。

王文興的現代小說，數十年來議論未絕。能聽他為作品現身說法豈不難得？葉嘉瑩當年在台大教授詩詞，課堂裡學生貼牆掛窗擠得大爆滿。我那時雖也在台大，卻始終沒去湊那樣的熱鬧。如今居然能有機會聆講，也算稍補當年的遺憾。

燕風是個「老天母」，帶著我走雨路、搭公車、乘捷運，她高䠷的身段裡更洋灑幾分清健。我雖未免亦步亦趨，但和她一起頂風冒雨，也頗感是個天母人。

我們在展覽場找到王文興座談所在，先看了一段作家訪談錄影製作片。然後，製作人和王文興並肩而坐開始談話。但出乎意外，談的並不是著名的《家變》或《背海的人》，而是唐代詩人王之渙的一首邊塞詩。他們各就攝影和文學的不同角度來作意象詮釋。詩中最炙人吟誦的兩句：「大漠孤煙直，長河落日圓。」王文興言及詩句透顯的現代畫式的簡明圖像，在中國古典山水畫中反而不曾有過。詩中有畫，畫中有詩，固已是成語，不過，山水畫中的崇山、曲水、雲霧、虬柏、懸瀑……自有源起的真實背景，這背景無關塞外荒渺曠漠。

葉嘉瑩演講場地是展覽場主要大廳，聽講的人擠得滿滿，仍彷彿她當年講課情景。我們在最後的邊位坐下，演講已近尾聲。我的身側坐著一位年輕父親，懷裡抱著熟睡的幼兒，神情專注地聆聽葉嘉瑩依舊清純的詩音。男人抱孩子聽講，豈不也可意會為古典中的現代畫？只是色澤更溫潤，勾勒更婉轉。

觀展出來時天已黑了，夜雨飄灑中，我和燕風持傘越街搭公車回天母。一路談及書展中所見。市場性的流行暢銷書固然處處觸目，古典嚴肅性的藝文叢書實也不在少數。而且，由葉嘉瑩的大型演講，王文興的古詩座談來作推想，觀展的人也許會有領悟，打造心靈的東西，到頭來，總屬於持久性的質堅與量重。

那晚，在天母西路燕風母親家吃晚飯，聽母親說女兒成長中的小故事。時間，在談笑裡踩深了夜。告辭出來已是晚上十點多了，雨還在下。天母街巷我已大致熟悉，就決定步行回家。那段路雖不太遠，但風斜雨驟濕了衣鞋。到家後忙著收拾時不禁想著：在美國街市中我能那樣雨夜獨行麼？不能！我決定步行回家的心理背景中，必有天母所賦予的安全感。

回來，不也很好麼？

天母，二〇〇〇年五月十六日

春天的遺憾

我們不是有約嗎？就在這個春天。

去年十二月，我整裝返台前，決意暫拋手邊事，獨自開車去看妳。那是一個午後，陰寒欲雪。

車子行輾漫漫高速遠路，心情開始複雜起來。在醫藥的辭彙裡，妳的病情已被劃歸癌症的末期。末期？我在想，也還是個未知之「期」。而我們，不都在面臨未知麼？車禍、流彈、災亡……電視上「意外」消息無日無之。誰知道什麼時候，我們生活的某個暗角，會突然跳出個青面獠牙的「未知」，予我們以凶噬。

「日日是好日」不只是一句雅緻的禪語，實是從生存現狀裡體驗出的生活態度。妳從妳的病情裡，便證悟到這種「當下」「此在」的智慧。妳說：「要盡量正常地過日子……」去看妳，該視作一次日常探訪，我們可以閒話家常。

只是，我還是不禁要從頭想。想妳這些年的人生變化。

認識妳，是從電話中開始。

一個下午，我正在準備大學授課事宜，接到一個陌生電話，自報姓名後，便簡短明快地說：「我是個行動派。我們要請妳吃飯，妳選個地方好不好？我們一起談談跟妳學中文的事。」

「學中文」的事，是妳的一個同業朋友先來電話說起的。她提到在《世界》副刊上讀過我的作品，很喜歡，想定期向我「學中文」。但我婉拒了。一方面因為自己的時間有限，另方面，覺得文字這種事，是個人感受和寫作過程相互磨礪的結果，少關外傳，多由內鑠。妳繼妳朋友之後，鍥而再接，在電話語氣中加添了幾分推動性。但我還是婉拒了。只答應和妳們吃頓飯，談談彼此心得。

很久以後，妳從電話後現身。

第一次見妳，是在一個財經年會的酒宴場合。我正與人酬酢言笑，丈夫從身後喚我，說：「……給妳介紹一位傑出的女記者……」妳專為採訪消息而來，穿一襲紅色套裝，長長的頭髮紮成一條辮子隱垂身後。我們互道姓名後，四目相對，心照不宣，只禮貌地握手寒暄。但妳終於湊近我，重提「吃飯」舊事，並為不曾兌現而致歉。我感到幾分意外，當前社會，言說上的浮泛，司空聽慣。而妳牢記約辭，讓我從妳的歉意裡，窺觸到妳心性上的誠摯。

第二次見妳，是在一對朋友的午宴上。我去得較早，妳抵達後，我從客廳窗內見妳走過。穿一套黑色的精緻褲裝，仍是長髮垂辮，神采亮潔。

飯後，大家喝茶聊天，妳乘機翻閱我帶去相贈的新版文集。我們並座連席，聽妳喟然而嘆：「如果能從頭來，我一定會選攻文學。」我忽然意會到，妳之「學中文」事，並非全為現用，一半也出自妳的文學意願。這一回，輪到我因曾對妳「婉拒」，心裡興起一份歉意。

光陰路上，不知又幾度荏苒。

忽然聞說妳罹癌而進行化療的消息，我打電話詢慰，妳告訴我的第一句話就是：「頭髮已開始掉了……」我腦中立即閃現出妳長髮垂辮的影像，也同時體會妳低落的心情。我只有勸解妳保持樂觀，掛上電話前，不自主地又加上兩句：「以後要多多愛惜自己，不要擔負太多壓力。」

化療後，妳又經受了重大手術，終於出院靜養。這期間妳開始撰寫病中走過的心路歷程，我在妳發表文章的報上逐篇閱讀，特別感動於一個小小情節：妳在病院中注意到，窗外的冬樹已發葉綻芽，春天來了。

那以後，妳迎接過好幾個繁花季節。

見到病癒後的妳，也是在一個可供妳採訪的聚宴場合，不再是長髮垂辮，燙得鬈鬈的短髮下笑意依舊懇切，但往日神采已難再尋。當妳告知我已恢復正常工作時，我心裡一緊，脫口勸妳：「還是不要太勞累了。」從妳第一次電話中所說：「我是個行動派。」那句話起，我就直覺地感到，妳是一個積極進取，又不免有時會過度的人。

妳心窗邊那棵綻芽的樹，經過了繁春、茂夏，漸入秋紅，終至冬褪的時節。妳又病倒，而且病情嚴重。

我的車子終於抵達妳家的鐵柵門前。那是妳的新家，特意設計建造的華屋，高踞於廣大的園林坡陵上。繞上高坡後，我在屋前按鈴靜候。回身遊目坡下林木，在冬寒裡枯竭凝靜，撐起一天陰雲。

在我面前出現的妳，戴著黑帽，穿一身寬鬆的黑衫褲。瘦了，但也並不顯得病懨。妳隨即引我進入起居室，我們相對坐下開始閒談。妳談妳仍在進行化療中的病情，談妳工作上曾經有過的重大壓力……談妳的婚姻，談得最多的還是妳的兒女。妳並不掩飾對兒女失去母親後的憂心。

面對生死事，我難覓慰詞。只能就自己女兒成長的過程，談一點內心的領悟。我確信，一個懂得悲哀，並承擔過大大小小悲哀的孩子，會自我茁壯。懂得悲哀，是因為有愛；有愛，是因為被愛。這種內外交涵而積的潛源，會化為面對一切際遇的深厚力量。

那個下午，我們一談就是三、四個鐘頭。妳愈談愈覺得精神煥然。臨行，妳還不捨地帶我欣賞妳親手繪製的精美瓷皿。為我一一解說不同的圖繪和釉色。我們由起居室來到客廳，又走到飯廳。妳從飯廳櫥櫃中取出一個宴客用的大瓷盤，也是妳設計彩繪的作品。燈光下，妳的臉色因興采而透顯紅澤柔潤，妳端起的大瓷盤裡，仍盛著滿滿的生活熱情。憑著這一點，妳應能迎接另一個春天。

我們擁抱道別，我對妳說：「春天我回來，再來看妳。」妳微笑答我：「好啊！等妳來。」我們就那樣彼此相約，只有命運知道我們的約期裡秉賦著多少或然率。

回台後僅僅一個多月，便傳來妳逝世的消息。我著實感到意外和吃驚。良久怔忡，數日恍惚不安。不應該啊！我向妳的命運抗議。那期間，我零星地讀到紀念妳的篇章。提及妳眷村成長的背景。妳曾是力爭上游，每門學科都要考第一的聰慧孩子。成年後的妳何嘗不也如此？妳身兼數職——主婦、母親、記者，每一種職稱，妳都要求完美。只是，時光之流上，行度風浪的舟筏，是此肉身。過萬重山，還須是輕舟。妳的舟筏，載負太重。

回到維州的家，廚房電話邊，仍貼著寫上妳地址和電話的紙箋。「等妳來」，言猶在耳，我已無由赴約。壁上掛鐘的秒針，滴答滴答，仍在催促人世的作息。窗外，季節再一次周而復始，園中冬樹已歷盡凜霜凍雪，都在綻蕾發芽。

這個春天，我有遺憾。

維州，二〇〇一年四月十二日

大方無隅
——海外華文女作家年會記感

今年，華府的秋似乎來得比往年早，落葉紛飛中，金黃黃，紅艷艷，翦翦斟醉瞳睫。猶記兩年前，簡宛在舊金山當選副會長，挑起策劃第六屆年會的重責，她在致謝辭後，曾輕描淡寫，邀約大家兩年後去到她的居住地北卡，一起遊遠山、賞紅葉、嘯仰藍天。

十月二十日，年會終於在秋的腳步下踩來了。世界各地的文學姊妹，應約齊赴北卡。不過，意外地，飛機降落北卡機場時，秋，還沒來得及趕到離華府五個小時車程的南方嘉麗（Cary），那一帶，樹蔭依舊濃綠，空氣仍帶著夏末的暖意。

大會所在地是嘉麗的Embassy Suite。報到時，才意會到北卡的暖意不僅是天候的，也是人情的。每一個與會者都收到北卡書友會相贈的帆布書袋，袋面印著：「書中之樂在我心，書中之福在於勤。」那個勤字實也可以想作「情」。當晚，正式的中式晚宴，就是書友會進一步表達的情誼。

大會揭開了序幕，也揭示了一個新的年會題旨：「文學與生活」。

畢竟，這是二十一世紀了，資訊跨國的地球村裡，女作家也大可跨越女性主義的限隅，展望更深闊的寫作領域。有鑑於以往十年中，女性意識題材的一再探討，愈來愈形成一個自限的藩籬，終於訂下了上述的題旨。

大會主講人之一的趙淑俠，講題是「紅塵道上的文學男女」她從文學史上的卓文君，司馬相如的浪漫私奔，李清照、趙明誠的金石良緣，一直到當今《人間四月天》電視劇中主角的錯綜情牽。文學就是人類的故事，人類眾生的個別男女關係，而人間紅塵道上，奮鬥、經歷、追求……無非男女間共同的理想生活。只是，生活不是可以預設籌劃的存在方式，也不是可以擬繪營製的生命藍圖。社會海裡，人生舟筏所遭遇的是無定的風雨陰晴。但天地間，不管怎樣的驚雷迅電、陰陽激盪，終要成之以「和」，如此才能有人類的千秋長脈。一世的悲歡離合，也只是飄風驟雨，更何況女性意識刻意描寫的一夕情慾？

大會演講的主要人物，是來自台灣的齊邦媛教授，她是台灣大學榮譽教授，也是著名的文評家。她提出文學的內外視野問題，足資海外女作家自惕寫作的性向。她進一步認為，在文字表現的才華識見上，是「雌雄同體」而無分男女的，這是她對女作家的期望和鼓勵，但她還是認為女作家在題材視野上因環境因素而受限。這一點，我想，世副的讀者可以反證，海外女作家的作品中，並不缺乏宏闊的歷史文化感想，甚至人類文明去從的省思，無論內視野外視野，都足以和男作家並肩。

齊教授講演後，閒話旁衍，提及現代中國小說大都停留在說故事的層面上，比起歐美小說，似乎缺少一點什麼。但她並沒有指出這「一點什麼」究竟是什麼？也許，我們不妨設想，這缺少的「一點什麼」就是小說作家從生命魂域深處投射出的厚重感。長久以來，小說創作大多有意仿效西方的不同流派：俄國的、歐美的、存在主義的、語言解構的……小說家不去熟習自身文化中的詩文、哲學、宗教典籍，讓心靈作長期沉潛涵涉，反而浮躁地一味作自我文化否定。打倒孔家店、斬伐古四舊的口號和行為，足以見出生命基礎靈根薄弱的成因，如此創寫的小說，何止缺乏「一點」什麼？簡直就缺乏支撐文學生命的骨魄！試想，哪一個世界著名的作家，不是在自身歷史文化的縱深中默化奮發而成長的？

來自紐約的女作家叢甦，講題是「世界婦女的困境和展望」。她是世界婦女作家委員會聯合國代表，藉著曾往北京開世界婦女大會的經歷見聞，陳述各國或不同地域婦女的苦難境遇，題意雖無關「文學」，內容卻係連上「生活」的關懷面，也可以牽引到上述視野的問題。從外視野來說，生活中的目光，可以投注到世界各地婦女的困境現實。從內視野來說，則是對種種困境現實根由上的探索。在印度，這個亞洲最大的民主國，婦女會因嫁妝的微薄而遭受婆家施虐甚至慘遭燒死。在民主的政治形式下，印度文化仍隱積著數千年階級心態的餘惡。那麼，西方民主大國的美國呢？男女平權的門面下，卻有色情組織形成的性奴役（Sex slavery）情況，至於非民主國家如極端性的回教國，婦女被剝奪工作權，還遭受所謂榮譽殺害（婦女私情有關家庭榮譽）。

叢甦陳述了世界婦女的困境，但展望呢？雖然婦女問題已提昇到人權問題層面，但並未減少其中的複雜性。在商業大潮下，色情業是市場營利，和金錢掛上鈎的婦女問題，法律只是一尺之道，營利則是一丈之魔。只要「利」的價值觀不改，那樣的社會生存現象也一樣延續。婦女困境上的另一成因是宗教，宗教是另一種權力表徵。西方歷史上宗教戰爭不斷，至今延熾。若從哲學觀來探索，任何宗教所代表的最高真理，其實是相通共似的。只是，各宗教將各自的神祇形象獨尊起來，造成衝突和殺伐。「如果一個神不否認或冒瀆另一個神，於此，個人就第一次被承認，個人的權力也第一次受到重視」（語出尼采）

「小說與我的生活」是雍容恬和的薇薇夫人的講題，她娓娓道出她一生的書緣。少小時看小說是一種忘我式的自娛。成長後，在生活壓力、工作重責下，卻從世界名著小說中，開拓出一片可供暫時解脫超放的天地來。當年生活中的清貧和困頓，因為書而富裕、開闊。她更提到對她一生影響最重要的一句話，是羅曼羅蘭塑造的文學人物約翰克利斯朵夫所說：「如果人生不給我歡樂的話，那就必須自己去創造歡樂。」她並將這句話引伸為處理人生各種境遇的實用方程式：「如果……那就必須自己……」她因而拓展圓熟了自己的人生。

大會中有段時間是文學小組的座談討論，焦點集中在當代小說中過份渲染的女性情欲描寫。這類小說近年來大為盛興，書市或文評者稱之為「情色」文學。色情、情色，不過對轉倒換，一不小心便可能成為色情書市的營利對象，成為一項消費的商品。作家必須警惕的是，文學寫作中的主角，是一種人格塑型。怎樣的人格塑型，有賴於作家的意志、審美、甚至人生觀。薇薇夫人因一個文學人格的心靈意志而昇華了人生，開拓了生活。同樣地，在這個眼花撩亂的商利社會中，也可能有某一個（或千萬個）讀者，因為認同了一個小說人物的心態而沉淪墮落。

文學，不僅是一個作家從事的生活事業，它也是社會上價值觀傳播的媒介。「性」，原是人類生活的一部分，屬於兩性間的尊嚴世界。《牡丹亭》中的杜麗娘和柳夢梅在後花園中情會，上天遣下花神隱祕相護，象徵性地強調了「性」的不容褻瀆。

終於，大會接近了尾聲，簡宛卸下重任，為兩年一次的年會寫下有創意的章節，按章程規例成為會長。下一屆年會的策劃人和籌備者，是全數票當選副會長的朱小燕。

來自加拿大的朱小燕長期從事小說寫作，她婉麗的外表下潛藏著毅力和幹才。我們期待她將來在年會題旨上更有所突破。誠如齊邦媛教授所言，才華識見是雌雄同體的。人類心靈有如大方無隅的圓，像天象中的日、月、星辰，恆由運轉而靈通，從而無滯無礙，生生不已。也許，我們可以從下一屆年會中聆聽到男性的卓識遠見。屆時，小燕將笑迎我們——來自東南西北。

寄自維州

▲二〇〇〇年十月海外女作家千禧年年會，薇薇夫人（樂茝軍）和齊邦媛教授為大會主講人。

▲右一：簡宛；右二：喻麗清；右三：張燕風；右四：程明琤；右五：李峰吟；右六：陳永秀。（陳少聰攝）

返根歸本
——千禧年作家談文學展望

窗外紛飛的落葉，正瑟縮著暮秋的寒寂。面對凋零，何止只是添衣？也添一份隨著歲序襲來的悲涼感應。季節的變易流遷，一如人世的代換遞傳，生生不已，永始常新。這一心輪另轉的觸悟，其實並非我自起的獨慧。而是我命脈所締的文化長流中，倏呈偶現的心源。方寸所存，可以接流返溯數千年的久遠，那一轉之「念」，即是周代易經原旨透過心靈的閃衍。周易之後，文化孳繁豐增，中國，多少智慧寶藏！

可惜，二十世紀的中國文學作家，不曾珍惜，甚至不曾覺察自身文化豐藏。殖民主義的禍潮席捲世界後，中國，歷盡外侮，割地賠款，困頓煎迫。而強權侵淩，何止壓縮了中國人的生存空間，更恃權勢優越感，以愚見庸知，踐躪中國人的心理空間，將一個優秀民族，矮化而成屈卑仰望的文化侏儒。長久以來，中國人不自覺地，將自身信守求託於西方，他們怎麼說，我們便怎麼應——

他們說：中國人不懂民主。

我們說：中國人有奴隸性。

試問：侵土欺約迫財，以致販賣黑奴的行為，是民主信則嗎？而「民貴君輕」是誰的歷史理念呢？（孟子）「人人皆可為聖賢」，是誰賦予為人尊嚴的思想呢？（王陽明）「五方之民皆有性也，不可推移」又是那個國家禮策，體認民皆有俗，不可強易呢？（小戴禮記王制篇）

他們說：中國人語法不拘時態，是頭腦不清楚的落伍民族。

我們應：中國人頭腦醬缸，民族劣根。

試看：李約瑟（Joseph Needham）在他《中國科技與文明》系列著述中研證：首先論察宇宙星系運轉的，不是希臘人，而是中國人。中國是世界上提供歷史觀的唯一民族。

不必再說下去了，要痛心指出的是，應和外侮而不惜自辱的，往往不是市井百姓，而是文學作家。不過，雖然處境惡劣悲苦，二十世紀的中國，仍不乏真知灼見的大哲宏儒，從歷史、文化、哲學著述中，力敵外侮，奮鞭庸愚，列舉學識例證，苦心扶持重振中國人萎縮的自信自尊。畢竟，學術著述，難以滲入群眾心靈，能夠廣泛影響民心的。仍有待於文學作品。

猶記美國諾貝爾文學得主之一的梭爾貝羅（Saul Bellow），提及二十世紀文學作品時，曾語重心長地指出：「作家們不管如何山窮水盡地描寫暴力、情色、疏離……都不足以成為偉大的作品，文學作家首要急務：『除了思想，別無其他。』因為透過思想，可以『對人類文明現狀作出更清晰的衡量。』」本屆諾貝爾文學獎得主的葡籍作家薩拉馬戈作品《盲》（Blindness，一九九五葡文出版，一九九七年英譯出版），便在衡量現代文明現狀中隱喻了人類理性的道德「無明」。他在書末點睛直指：「……盲者能視，但他們視而不見。」（The blind people can see, but do not see.）

衡量人類文明現狀，對中國文學作家來說，更是不容推辭的沉重責任和課題。民族苦難迫生的文化自卑，不也是「強權公理」下轉「黑」為「白」的心理之「盲」麼？「我們負擔了人類及其他文化產生的無數罪惡。」（已故大哲唐君毅言），卻無視這罪惡來源，反而謾罵咒詛自身文化。中國文學作家該如何反顧而省察警惕呢？這也就是貝羅所指的「思想」重要性。可是，中國作家又從何醞釀著力於創作骨幹的「思想」根源呢？這就關聯上前述的「心源」問題了。

文學作品不僅是文字技巧、情節結構所成的故事篇章，它也是一個作家表達情感、理念、價值觀的傳媒形式。大哲宏儒的苦心著述，雖無以廣滲市井民眾，卻足以為文學作家在思想上開涸啟源。

中國的一切學問，正如宏儒大哲指出，不管如何高深玄奧，最終總是歸結到人生日用，由「知識的學問」，轉化為「生命的學問」。前面提及的周易一書，雖然是一種探討宇宙萬象變易本原的古籍，但也包括了人世吉凶大事的觀察和警示（所謂占卜）。即「乾元」——象的象辭：「天行健，君子以自強不息」用之於今，亦無不可。天體運行，剛健有力，週而復始，象徵君子不懈自惕自強的生命創進。將這個理念化為故事人物，自是足以成為一種感格，影響人心。

十八世紀的法國思想家及作家伏爾泰，讀了當時風行歐陸的元雜劇《趙氏孤兒》譯本，驚悟體認出中國文化中，人物表現的天良、責任感和道德力。那是一種超越神權意志的純粹人類精神美德。對於伏爾泰，無異發現了一個新的道德世界，而這個道德世界，也正是《趙氏孤兒》作者紀君祥，在異族壓迫下所要表現寄託的精神價值。

窗外，落葉仍在紛飛，我的眼光越過凋零，遠舉晴空，雲空裡，歲序運轉，只須咫尺，便跨越輾去了二十世紀。我但願，中國文學作家，經歷了一整個世紀的鍛鍊、試驗和模擬，能夠返根歸本，開發心源，創造二十一世紀中國文學的獨特性，並發揮影響力。

寄自維州

千禧年海外作家談華文文學展望《世界日報》副刊

青山綠水間——父親歸宿的地方

父親是因為母親堅持盡速來美而倉促離台的。從他拒絕收拾行李，安排棄物的行為上，可以想見當時他內心的巨大衝擊。時候到了，不得不走，他只抓了兩樣東西：一是他平時攜帶的公事包，內夾歷來文化大學各式聘書等檔；二是國際祭孔大典上獲頒的榮譽「木鐸獎」，象徵他科學專業之外在文哲著作上的最高成就。就那樣，匆迫而無奈，他告別了居住二十多年的華岡。

父親是坐著輪椅上飛機的。腳上仍穿著清晨爬山的舊鞋，鞋底仍沾著紗帽山崎徑往返的積塵。父親向來是不服老的，而就在西遷之際，他忽然由一個尚能爬山健行的長者，成為一個坐輪椅由人推送的衰步老人。無異宣告：他終於老了，而且，老得身不由主。

父親的老，到了美國金山灣郊區定居後，更是日益顯著。首先，因環境的大變，他走路失蹤。由當地警員尋獲送歸後，他徹底認老。這個「徹底」跡象，在於他放棄遠步久行的運動習慣。只選擇兩條簡單的路線：一是由家前直行，去到公園，坐在古松下，看遊樂園中嬉戲的兒童；二是由家前橫走，去到街尾湖邊，俯觀悠然於水空的游鴨。

漸漸地，他不再去到較遠的公園，只緩步近往橫街湖邊。然後，湖邊也成為「遙遠」，他只能往返於家居的前後院。前往，只為查看信箱，期獲後學的近訊；後行，只為尋摘幾朵野花，聊慰對山行的懷念。終於，他不復外出。僅由飯桌前往臥室或客廳，他也必須扶杖而行。

父親的老，不僅見證於他日漸衰遲的步態，也見證於他日漸消沉的心態。他來美僅僅半年時間，便因腦中風而失去語言能力，撰述寫詩，從此中止。身不由主後，心也無以自主了。不過，有一件事，父親似乎確知他是可以自主的，那就是他最後的大去。

從某種層次的意義上來詮釋，父親的西遷，是他「西去」的準備過程。

* * *

聞說父親不思飲食之事後，我趕往加州探望。午飯時，見父親決然拒食的手姿，心中十分震驚。當時，他已一個多星期不進食了。我為他調製的蜜汁人參茶，他也只喝幾口便擱在一邊。這樣幾天後，我開始了不祥的警覺。

一天午後，母親回房晝寢。照顧兩老的劉阿姨在廚房裡清理膳後，我和父親坐在飯桌邊默然相對。忽然，他指向電話邊的掛曆，上面書寫著哥哥弟弟的電話號碼，並以指敲桌。我未會意。他再指，而敲桌之聲愈來愈急。我終於懂了，他是要我打電話給台、港的兄弟，示意火速前來。

我背著父親分別撥了台、港的長途電話，並告知兄弟我的警覺和觀察，認為父親情況不佳，請他們盡快準備來美聚會。

我告知父親，他的兒子們會很快到來相聚時，他好像放下一樁大心事。那個下午，他回房睡了三個鐘頭。平時，我會在他午休後離去，趁交通流暢時返回車程約一小時的女兒家。但那天，我像有什麼預感，決定留下來吃晚飯。晚飯前，父親衣著齊整地來到客廳，見我仍在，開顏而笑。那就是我最後一次看到父親的笑容了。

第二天，父親便臥床不起。

學醫的女兒趕來看她的外公，並以她專業眼光來診斷判察。慣見生死的女兒，冷靜地告知大家，外公已開始進入彌留階段。在世時間，多則一、二星期，少則三、五時日。她安慰我們說外公毫無痛苦，只因年歲老大，機能逐漸衰竭。她勸家人不要將外公送往醫院，好讓他在自己的房間、自己的床上、自己親人侍繞中靜息離世。她並提醒我們盡快接洽殯儀館。畢竟，外公的遺體必須妥善關照安排。

女兒十分專業的口氣以及權威式的冷靜，忽然倒轉了人間歲序，我像一個孩子般失聲而哭，但我應該感謝她，感謝她在百行百業中選擇了醫學。將來她必須獨自面對並承擔自己父母的死亡。她的專業知識和理性心態，是任何宗教和哲學所無法代替的，她必不至於像我這樣失措和悲痛。

彌留狀況中的父親，日夜吊上了點滴，等待由台港前來訣別的兄弟，也在這段期間，我搬進了離父母居處僅數分鐘步行之遙的棧廈（Garat Mansion Bed and Breakfast）。

* * *

家庭式營業的客棧，是一座維多利亞建築型的百年老屋，處於父親「看鴨子」的湖畔附近。每次我去加州探望，陪父親散步到湖邊經過棧廈時，他總要在屋前稍停，欣賞走道兩邊碩麗的玫瑰。偶爾，他會以杖指屋，費力擠出「鵝湖書院」四字語音。在他喪失語言溝通能力的情況下，我無法知道，他是走入往事的回憶呢？還是，他認為這座樓廈足以設為他理想的「鵝湖書院」？我們只能並行默默，人行道上沙沙隨曳的，是父親暮年遲遲步音。

歷史上的鵝湖書院，是宋代著名理學家朱熹和陸九淵辯學公案所在，處於江西鉛山縣的鵝湖鄉。父親曾在鵝湖創辦信江農學院，並以鵝湖書院舊址為基礎，成立「理想與文化」人文講座及出版。哲學家唐君毅也曾一度應邀居此。信江農學院為中共接收後遷往他處，鵝湖書院長久廢置後，現已成為重點文物保護處。而農學院的一切建設都已夷為農田。六年前，父親曾回鄉拜墓也不忍重訪。

棧廈裡可供住宿的客房都有名字，我住的那間名叫安琪拉。窗外一排楓樹，直上三樓住房窗口。一個下午，我回房小歇，坐在椅上面對窗口楓樹的頂端。暮春的枝葉，擎然支空茁長。綠中微帶鵝黃，鮮嫩茁茂，不禁聯想著父親日漸衰涸的命源，心中頓生悲涼。悲涼的，豈僅因為死亡？更是因為一種生機的永截長斷。

*　　　*　　　*

二十四小時吊著點滴的父親，生存也依舊難料旦夕，他的呼吸愈來愈沉重。言談語默之際，隔著過道，隔著客廳，也能聽到他的呼吸聲音。我總是繃緊心弦，好像一放鬆，就會放走父親連繫我們的生命線。

那時候，父親的呼吸像是遍漫空間。我早晚來回，走過樹、走過花、走過一棟一棟的房舍，都似乎聽到一種呼吸。有次深夜回棧，屋中人都已就寢，整個樓廈顯得空洞沉寂。我拾級上樓，厚厚的地毯在稍然的腳步下，悶悶噎響有如嗚咽。一時不想回房，就在轉角墊椅上坐下，透窗外望。

對街的另一座維多利亞型百年老屋，仍亮著燈光。老屋遷運吐納過多少代人的作息成長？只要屋裡有生命，老屋就在呼吸。平時聽人說福氣、運氣、元氣……實不曾經意。而此時忽然體會出一種深理。我們肉身的精細組織及內腑臟器，全為促成簡單持續的呼吸。而吐納中的「氣」，便牽引導理著生命。我們活著，是應合宇宙脈博韻律的起伏諧振。失去了這種能力時，我們便脫調於人世的交響，回歸太虛瘖瘂。

分別由台、港前來的兄弟，終於趕到了。父親確像是估計好的，他會等到這最後一次家人的重圓。雖然，散而又聚的子女，只能相對唏噓。

第二天，有如奇蹟，父親從呼吸沉重的睡眠中清醒過來，我們圍在他的床前，看著他渙散的目光重新聚焦。無法言語的父親，用他的眼睛向我們一一注視，也一一訣別。然後，黃昏到來，父親陷入昏迷。他的呼吸由沉重漸漸轉為輕促。終於，他停止了呼吸，閉目離世。

* * *

清點父親的遺物時，噙淚嘆息，父親漫長充實的一生，經歷過轟轟烈烈的時代，創建過維巨維艱的事業，教授過無數恂恂學子……到頭來，卻真是所謂「身無長物」。

大殮時，我們將一些認為對父親有意義的物件，放入靈柩中的小屜中：幾本已經作廢的台灣存摺，象徵他對生者擔負職責的完成。公文袋中積存的各式聘書檔，代表他對人世供奉生命功能的無愧……也許，最為父親樂意帶走的東西，是他在華岡歲月中，爬紗帽山採尋的一朵小小靈芝，十多年前父親贈與訪台讀書的外孫女妞妞——我的女兒。她向外公訣別，特地攜帶回贈陪葬，也只有這朵凝聚天地精氣的靈芝，能為父親留住紗帽山二十多年上下的晨昏。

父親的靈堂，設於一座西班牙式建築的殯儀館內，各界贈弔的大型花環，陸續地支滿拱柱空間及靈堂兩側。鮮麗的花色，高聳的燭燈，使整個靈堂看來十分華貴。這份父親生前從不注重的華貴感，讓我感思著死亡。

大矣！死！我們的生，原是由無數祖祖先先的死促伸而成。父親的死，讓我們接近觸及這一生命大源，而我們的生，也透由父親的死而痛顯。我們未來的死，也將匯流到此一大源的逝洪中。法（現象）不孤起，因境而起。生不自來，因源而來。我們持香膜拜的，不僅是父親的遺靈，也是生命因逝而顯的意義。

*　　*　　*

父親彌留期間，我從他書桌中找出一本《爬山哲學》的書稿。那是他來美前，回憶平生爬山經歷、感思、禪悟所成的寫作。我隨手翻頁瀏覽，忽然看到其中一首詩：

一水千年為綠水

一山萬古是青山

一身若問歸何處
只在青山綠水間

我掩卷而驚。父親從未對他的身後有過任何交代，而就在他彌留期讓我湊巧讀到這樣一首詩，這是他的遺囑麼？

父親似乎畢生和爬山有關。年輕時期，或因環境，或因時局，他曾遍登崇山偉嶽。避難香港期間，經常爬上沙田九龍間的獅子山。在台灣為農復會作山地園藝資源調查，更是爬遍寶島群山。文化大學的任教歲月，每日必爬居宅對面的紗帽山。來美兩年多的時光裡，沒有山可爬了，但他卻爬過了生命和世紀的頂峰。他是旅居美國時跨入了二十一世紀。

華岡山居歲月中，父親曾有一首開窗臥看紗帽山的即景詩，也多少透露他蒼涼心境：

臥看青山似故山，
故鄉山隔萬重關；
故鄉山更在天外，
天外青山不可還。

葬身故鄉的祖父母，便是在故鄉人的鬥爭施虐下去世的。兩岸開放後，縣政府特允修築墓園。墓是修了，而故鄉永是

「不可還」的傷心地。既是「不可還」了，地球村裡，有青山綠水的地方，便足為「歸鄉」。

我們去到灣區屋崙（Oakland）的山景墓園（Mountain View Cemetery），為父親擇購墓地。

山景墓園始建於一八六三年。設計人歐姆斯特（F. Olmsted）也是紐約中央公園及舊金山金門公園的設計者。但墓園的設計理念兼取了東方哲學（道家）。人，是宇宙自然的一部份，生於自然，回歸自然。墓園中允許不同文化的葬禮儀式，實為開明創舉。

墓地處於山頂適中的坡面。不遠處的山下，是舊金山市區，更遠，可望見太平洋上往返的船艦。船艦昭然之外，水雲浩渺相泯。

葬禮完成之後，兒女們各自鴻飛東西。我搭機返回維州郊寓，特意擇位於窗畔。起飛後，隔窗下望，太平洋的綠波燁燁生輝，大洋岸，金山市樓歷歷可數。由市樓移目而上，就是父親歸宿的青山。飛機倏時入雲，青山綠水瞬息杳隱。永別了，父親！

二〇〇一年七月，《世界日報》副刊

【後記】

先父程兆熊先生，江西貴溪人，生於一九〇七年，逝於二〇〇一年。先生大學習物理，留學法國專攻園藝。獲博士位歸國後，鑑於時局危岌，合同留學英、日、法、俄朋友，創辦《國際譯報》，以便時人明辨世界文化、經濟、世局大勢。報社炸毀後退入重慶大後方，創《理想與文化》雜誌，為此刊撰稿者有歐陽竟無、熊十力、梁漱溟……皆一時碩儒。勝利後，創辦江西信江農學院。中共接收後避難香港，會合知友錢穆及唐君毅先生，創新亞書院。書院稍具規模後，受聘赴台，主持台中農學院（中興大學）園藝系。新亞併為中文大學後，復應錢、唐之邀，返新亞執教，直到退休。退休後返台，受聘文化大學，主持農學院及實業研究所。來美前，先生仍擔任博士論文指導教授，先生兼跨科學人文兩域，著作繁多，不贅述。

而《爬山哲學》書稿改名為《山水禪思》已由台灣華梵大學宗教系「原泉」出版社於二〇〇九年四月出版。

▲父親程兆熊於法國巴黎大學就讀時之學生證。

▲父親程兆熊和「鵝湖書院」匾額，攝於文化大學。

▲一九六二年夏攝於九龍沙田錢穆先生居邸。其時新亞書院已併為香港中文大學。

▲父親程兆熊和友人謝幼偉、唐君毅合照於香港。

秋逝——永別母親

每個秋葉紛飛的季節，心中總隱約著一種清愁。有時淡，有時濃。淡時，任它去留。濃時，便不免提筆支頤。好像，我已寫過不少秋天的文章。

這個秋天，生命沙漏所積下的愁情，飽滿崩裂而成慘厲。母親在秋殺中去世。

猶記那個黃昏，我去街邊郵箱投信。緩步回屋時，心中忽感一陣淒凜。不自覺地，我俯首、疊臂，想要壓縮這份突襲的秋情。

回到屋裡，電話鈴響起，傳來女兒的聲音：「……外婆大量腦溢血，沒救了！」我啞然呆立。

趕到加州醫院病房時，母親正停止最後的呼吸。病床上的母親，鼻孔、手臂、下肢，都插著塑管吊器。醫院中的死亡，在冷冷的日光燈下，顯得張牙舞爪。我在悲穆中有更多的驚愕。

女兒以她專業醫生的身分，為母親拔取鼻中的塑管，並吩咐護士去除所有的插器，為母親墊高睡枕並將她扶正放平。一下子，母親便呈現一種熟睡的神情。

為了不讓母親的遺體任醫院像處理對象一樣，編號進入太平間。我們緊急通知曾安置父親遺體的殯儀館，請他們盡快前來接靈。然後，我們合力抱起母親猶帶溫熱的身體，為她脫下醫院的袍掛，換上她慣穿的軟絨睡衣褲和短襪。她的臉在新染的黑髮下，看不出一絲皺紋。母親向來極為講究美容保養，但歲月無情，儘管沒有在她容顏上刻上痕跡，卻奪走了她的生命。

父親逝世是在暮春時節，他的離世是緩衰漸竭的，一步一步帶領我們體認死亡。父親一生才華，大多留於文字，也像春暮落英，點點滴滴，化作養護後代心靈的春泥。

而母親的離世，一如秋樹技頭紅葉，慨拋韶光，倏然飄殞，帶著她身世中有過的華麗。也彷彿那個愛使性子的譚府大小姐，一掉頭，就走了。

父親生前總說，母親是世家的末代，家道在世亂中沒落了，但幼時成長中的習氣難改。母親一生，確是講究衣飾、美容和美味的。和父親那種甘於粗衣簡食的作風相比，是頗不調和的對照。

母親信佛，父親去後，心情一度消沉，囑人從台灣寄給她一件居士袍，說要作為她將來的殮服。她已預知在世時日無多。父親去後僅僅五個月，便隨逝偕亡。

一些長輩親友，深知母親性格，一再電告叮嚀，說：喪禮時，一定要為母親燒一棟「華屋」，裡面僕役、傢俱、陳飾俱全。還要燒一箱「金錠」和紙錢，此外，一箱「華衣」，一輛有「司機」的「轎車」。

我心中頗為這些叮嚀納悶。母親要穿居士袍入殮，我們也必須依佛禮，請法師在佛堂中為她做「七」（地藏經：「……至七日已來，高聲誦經，是人命終之後……永得解脫」）送她前往西天樂土。如何能參入這些民俗喪儀？

畢竟，長輩之心難違，我們去到中國城喪禮店。令我大感意外的是，店中不僅經售喪禮儀品，也經售種種婚禮囍儀。一向講忌諱的中國民俗，卻將婚喪並列，稱之為紅、白喜事。白喜事是生命終結的追思，紅喜事是對未始生命的期許。心裡忽然有份感動，覺得民俗中必存在一種素樸的哲理基礎。從民間廣用八卦為符的風習看來，民俗中的哲理必可上接古老的易卦思想。易卦中的最後兩卦，名為「既濟」、「未濟」，恰成「已終」「未始」的詮釋，連上了婚喪二喜。

況且，民俗想像的冥界，是人世的倒影，活人將自身生活願景投映，透過火，轉化為另一種「真實」。此外，佛教的時空觀是那樣宏闊浩瀚，經文中，動輒「阿僧衹」（無數）「那由他」（萬億）。世界海裡一小「劫」，便是八萬四千年。母親的西天路還很遠，且祝她在離我們只一線的冥界裡，重返她原有的榮華身世。至此，便無須納悶了。

等待喪禮前，我們在父母居住過的郊宅中，清理遺物，寫下捐贈的清單，取下為他們懸掛佈置的字畫。字畫中有一書法家曾克耑寫贈父親的遺作條幅，以瘦金體寫的長詩，寓意時代中的流離。最後兩句是：「新國烏衣灰劫表，移巢長祝一枝安」。父親曾在此瘦金字幅前，良久沉吟。父母在這所郊宅中，一共只住了兩年七個月。當宅中一切處理清除，父母在新國移巢中的全部歲月痕跡，將永遠消失。

舉行喪禮那天的清晨，我尋蹈父親行過的舊跡，沿街去到湖畔。街邊人行道上落滿了法國梧桐的殘葉，踩過，腳下響起秋天的愁唱。一路，我仔細觀察街邊人家屋舍，屋前院中，仍有因加州溫暖天候而盛開的花朵。這一帶是老區，不時可見虬松、蒼柏、喬柯。院中青草上清露可掬。偶爾，窗檻邊有彩旗搖曳。這些庭院，都是宅主細心經營的家園。我忽然熱淚盈眶。想著父母那一代，大半生都在戰亂中奔波。在台灣的平安歲月中，住的都是公家的建宅，何曾有過可經可營的世居家園？終其一生，都是過客。

靈堂在花圈環立中，顯得十分華麗莊靜。母親躺在著紅絨的靈柩裡，唇上還勻著她生前赴宴常用的口紅，細緻的膚色、新染的黑髮，遺容看來安詳美麗。但母親穿著的居士袍，純黑中帶著幾分鬱穆。想著母親生前向來不喜歡衣飾單調老沉，就從靈柩小屜中取出那對我給母親的翡翠耳環，重新為她戴上。鮮綠的玉色，頓時將遺容點化而添華貴，想必是母親願呈現的容顏。

喪禮在法師叩鈴唱梵中進行。我們秉香行拜。禮成後，子女齊手封靈，隨靈車上山行葬。

山景墓園的青山上，父親的墓塚，草色鬱茂，墓碑尚未嵌上，只因碑上父親的詩及印章，極費工費時。墓碑刻成，母親去世，我們緊急通知加添母親名字。冥冥中，父親像在等待重返他身畔的母親。

葬禮完成封土後，我們在山上稍事盤桓，遠處海洋上，晴煙如霧。那天，秋氣和暖如同祝福。一生漂泊的父母，從此青塚雙歸永宿。也許，月圓之夜，父母魂兮攜手，踏過海浪，就是鄉關。異國天涯，便也僅是咫尺之遙。

葬禮後，子女們各自插翼分飛。丈夫因公首途馬尼拉，我隻身返回維州郊寓，心情備感蕭索。

「父母在，不言老。」父母去了，我們接替他們而成為「上一代」。一轉瞬，我們就老了。父母在時，像是我們的生命屏障。沒有了屏障，我們便裸然直接面對自身未來的死亡。

「未知生，焉知死？」數十年歲月消長，我們經受過風雨崎嶇，也閱歷過不少他鄉異域。可以說，我們已知生。然後，父母以他們一緩一速的死亡型態來教育我們，多多少少，我們也已知死。人生重要的里程已邁過了，也許，我們能夠活得更從容、明智些，直到自身最後命旅的「完成」。

▲父親程兆熊與母親傅徽合影於美國華府甘迺迪中心前的泉景邊。

百般寂寥中，我走到樓下書室，翻找出那本陳年舊相簿，裡面有父母年輕時的照片，意外地，還有兩張父母留法的影像。父親在他的巴黎大學學生證照中，眼神炯炯，高鼻、豐唇，十分俊帥。而母親，穿著及踝的長旗袍，戴著斜斜的法式帽，顯得修長優雅。母親雙手抱著的，是幼小時候的我，像個娃娃。這個娃娃，後來抱起另一個娃娃。這另一個娃娃，如今也抱起了自己的娃娃。就在這一剎凝視冥想中，時間同時消竭成長。

合上舊相本，「從前」剎成當前，窗外側院的楓樹落葉紛紛，秋在漸漸老去，但我知道，秋會重臨。永逝矣！雙親！

維州，二〇〇一年十一月，《世界日報》副刊

▲年輕的母親與襁褓中的作者，時在巴黎。

▲二十歲時的母親，其時仍是湖南世家譚府的大小姐，也是著名周南女中的高材生。

美味，美願

年節在海外，感覺上是冷清的。學校裡照樣上課，機構中也如常上班。只有去到中國城或其他中國雜貨店，才能從不同應時食品或糕點感受到年節的意味。看到粽子時，知道端午節到了。看到月餅，恍然中秋節即將來臨。然後地凍天寒、歲序移轉。中國店中開始出現了鮮麗的大橘子，發苗的青水仙，還有帶點紅暈的紅豆年糕。看到這些時，年味就開始在心中發酵了。

在中國傳統文化中成長的孩子，都會知道，橘子和水仙，是新年清吉的象徵。年糕，是年年高陞的諧音。除了像這些可見可悟的年味景象外，中國人各按自己的地方習俗購買年夜飯的年菜。

說起年菜，就無法不倒溯時光，回到遙遠的孩提時代。那時候，年夜飯真是一件大事。年菜中不但要各味俱全。還要有特意烹調象徵來年的盤餚。我最記得的是那盤素什錦。每個孩子都會被母親強迫吃幾口，說吃了就一年清健無病。至於那「年年有」的魚，確也像是多餘地好端端擺在桌上，沒有人去動箸送餐。當然或因美味太多，無須品嚐，但更有可能的是，人人都心領意會，讓魚成為全魚，為未來「全」年的豐足而祝福。

在台灣時，家中物質條件大不如前，但除夕年菜仍十分講究的。魚和素什錦一定都會上桌。那時候我們不再有傭僕分工的家境，和家人共桌分享年菜的，只多了一個老阿巴桑。打點年菜的事，大部分落在母親一個人的肩上。

然後，一築嗷嗷眾雛的家巢，漸漸地空了，剩下父母在寞寞流光中，相扶共度。

好在還有憲弟一家在台。弟媳惠禎是個手腳俐落的人，能幹而敏捷，更做得一手好菜。我們在海外，能夠表達心意的，只是寄一筆錢回去，請弟媳辦買年菜，預先準備好，屆時帶上陽明山父母居住的華岡舊宅。只消個把鐘頭，弟媳便將十來道菜端上了桌。圍桌吃年夜飯的人，除了父母和憲弟一家，年年都例邀邱教授夫婦，以及獨居的女作家胡品清。儕儕然也有一滿桌。談笑中盡有躍然的年夜興采。

而海外的我們，常常是看到電視報章上舞龍舞獅的圖片或鏡頭，才知道年夜已稍然轉逝。龍年換了蛇年；丙子變為丁丑……這時就會想到打越洋電話回家，問問年夜飯的情景。他們每說一道菜，我便在心中品嚐那一道菜的滋味。母親的素什錦仍然年年上桌，只是素什錦象徵的祝福：事實上，早已倒轉了對象，兒女們每年碌碌度歲，而父母卻年年遲步。

「清健延年」已成為兒女為父母祈祝的專語。

實在難以理解人生的弔詭。年年增歲遲歲的父母，卻在我因丈夫工作而可以回台過年時，遠遠遷往美國。我在台灣熱鬧的年景氣氛中，買窗花、買春聯、買年糕……興高采烈之餘，時時想起美國郊居中的父母。美國郊居中的年景，是我們長久熟知並體驗過的。

在台灣，「年夜飯」已被「圍爐」這個新名詞所取代，在這兩個字眼的溫暖感中，我無法不去想像父母郊居的年夜清冷。新世紀已誕生開步了，而暮年父母，卻在異鄉品嚐整個舊世紀的飄泊。

春天時我回到維州的家，園中杜鵑正在吐蕾，一樹粉紅玉蘭也將展瓣。我憧憬著今年過年不回台灣了，要和父母共度一個真正圍爐的夜晚。然而到了五月，父親辭世。回想父親離世前的決然拒食手姿，在這年關近時，忽然顯示出一種深意。

吃年菜，是吃出來年的生命感，吃進整歲的生活味。父親拒食，是他已無法品嚐出生活的滋味了，也無法吃出應有的生命感。他是明明白白地決定了自己的離世。

父親去世後五個月，母親像秋葉離技，忽然中風而逝。不再打理她人生歲月的素什錦。

年菜是集美味之大成，美其食，也是美其生。美味，原也是人生美願。

維州，二〇〇二年二月，《世界日報》副刊

烏鴉，女畫家，圖騰柱

先說烏鴉。

在世俗生活裡。無論中國人外國人，大都不喜歡烏鴉。那麼烏黑黑的笨鳥，聲音又那麼噪聒。而且，無論中外，大都迷信牠是一種不祥的徵兆——和喪事有關。

不過，烏鴉的形象在中國文學藝術裡，就顯得不太一樣。牠可以成為詩中的主題。宋代詩人楊萬裡所寫的〈鴉〉，有這樣兩句：「一鴉飛立鉤欄上，仔細看來還有鬚。」在詩人的眼光裡，烏鴉不但不討厭，且還有一種憨態可掬的愉悅感。有誰讀到這兩句詩時，能不莞爾？

深一層來看，卻又不免笑中帶淚的，烏鴉在文學中常被喻為慈烏或孝烏，說牠懂得反哺，而且，老鳥死了，牠會悲鳴終宵。深夜不寐的文學人，聞聲會不免反躬思親。這種事，與其說是實證，不如說是一種審美觀照。心靈有所感通，萬事萬物，敞懷涵攝，終致形成萬物一體的深悟。佛家的「大悲同體」，是相似的境界和情操。也許，真正的宗教心靈是審美性的，人類只有在審美能力充分展現時，才會對一切事物「均存敬意」。尼采在他《歡悅的智慧》一書中，也有那樣的會心。只可惜他不免陷入反宗教的宗教式狂熱中，未能使他有最終超拔融通的人生智慧。

此外，烏鴉在藝術中也未嘗不是一個重要的母題。我們都多少看過八大山人的繪畫。他畫的烏鴉，有時立高枝而向下怒目。有時則蹲斷幹而仰天合眸。烏鴉的形象，其實是他投射出的高士狷夫的姿貌，不屑時俗，不屈節卑躬。林風眠的烏鴉，雖生活於烽煙現代，卻顯得沒有火氣，靜息茂葉匀枝，絢絢一團黑羽，憨敦恬適。

既已走筆繪畫，也就順理成章，連上了女畫家。

這裡所指的女畫家，是加拿大的艾蜜莉卡爾（Emily Carr）。可以與美國的現代女畫家歐奇芙（Georgia O'keeffe）媲美。不過，卡爾比歐奇芙早得多，是一個獨行苦進的藝術工作者，不依靠社會名流為她興波作浪。直到晚年，她才開始享譽藝壇。此外，她還是一個曾獲加拿大文學獎的女作家。一共有七本著作出版。這個雙「管」齊運的女畫家，在一九四五年就去世了。

我對這個女畫家的認識，還是最近的事。她的繪畫作品首次在華府的女藝廊（Museum of Woman in Arts）展出。和她的畫並行同展的有美國的歐奇芙及墨西哥的卡蘿（Frida Kallo）。後二者的畫作因流傳廣泛而覺得有點熟膩。只有卡爾的畫予人新異感，引起我特別的關注。

一進入展覽場，我就被她那幅《巨鴉》圖（The Big Raven）給吸引住。作為畫中主要構圖的「鴉」，高踞於蓊鬱蔥蘢的綠林之上。那片濃綠，在抽象式迴旋的線條中，呈現出一種動態的韻律感。「鴉」的巨啄，叼起藍天一彎。牠的頸下是紫藍的遠山。山外一道亮白，是水？是光？這些都是襯景，並不重要，重要的是，「鴉」型在線條拙厚中所表現的雄峙。顯然，「大鴉」並不是自然環境中的飛鳥，而是民俗崇拜中的巨雕。

移步繼續看畫，很快就得到證實。一幅印地安民村圖，凸顯出林立的圖騰柱，其間，紫藍的山巒前，一柱擎天，高踞柱頂的，便是一隻巍然「大鴉」。

卡爾帶領觀畫者，進入另一種文化氛圍。在那裡，沒有金權崇拜的文明病，沒有錯綜複雜的人際心病。圖騰柱下的矮屋和兒童，寫照出另一種生存狀態的單純簡樸。

女畫家彩筆下的純簡，和她的成長歷程有關。一八七一年，她出生於加拿大維多利亞的一個中產家庭。從小，她就不喜歡社會傳統中的繁文縟節，也常常反抗她父親對她的女教管訓。她純直的心性，讓她在人生價值取向上，要求為人的真誠正直，並由衷地厭惡人際的虛偽和矯情。也許這就是她成為一個藝術家的本源資質。她在自己的文化社會裡，常感不是一個「適者」。她自言：「我不適於任何場合地方，我甚至不適於自己的家……」她的「不適」，讓她有一種備感掙扎的心情。從小她就希望自己是一個素樸、率真、簡單的印地安人。

終於，她揹著畫具，遁入加拿大西北的印地安民村。在民村單純的生活裡，她無須有語言上的溝通，就可以得到相互間的瞭解和信賴。她那本得獎的書，就是以當地印地安語為名：

Klee Wyck（意為笑笑的人兒），描寫的就是她在村中的生活，以及和她交往的人物。「Klee Wyck」是印地安人對她的暱稱。

女畫家的烏鴉和圖騰柱，讓我記起在阿拉斯加的一段觀遊經歷。

去歲深秋，我們乘上開往阿拉斯加的最後一班郵輪，一路上，山山水水，天地如畫，而遊人的目的卻是去看冰川。十九世紀時，阿拉斯加曾有過一陣淘金熱。金礦淘盡了，但真正的寶藏卻是冰川，它將洪荒曠古，冰凍包裝，成為淘不去的「無價」。也只有這樣，文明人來到那裡，只有觀賞、只有驚嘆、只有深省，不能消費。

郵輪在回程中下錨定泊於克琪港（Ketchkan）。這是阿拉斯加有名的雨港。據說，去年一年中，只有二十八天是不下雨的日子。抵達那裡之前，船已經在雨中穿行了。

克琪港一帶，是阿拉斯加東南特林吉（Tlingit）和哈伊達（Haida）印地安部族祖居地域。後者也衍遷到溫哥華北部一帶。女畫家遁世的民村，便屬於哈伊達部族。兩族語言不同，但習俗信仰相近，都以圖騰柱的雕作為文化生活藝術。圖騰柱的功能不一，或為部落標誌，或為家族「護持」，或者，豎為祖先靈木。據女畫家對這些圖騰柱雕刻所作的評斷是：這些雕刻，不是藝術家所「見」，而是「所感」。也因此，這些雕刻藝術家最有現代精神。

克琪港的雨，不大不小地持續淋漓。我們冒雨穿過一座幽暗的森林。林藪盡處，海邊的空地上，飆起擎天彩柱，那就是克琪港的歷史民俗村。圖騰柱的雕刻形象中，人與各種自然生物如魚、如鳥、如獸，交相連聯，可以見出生命相互資依的底層心理意識。彩柱間，一柱直上青天，柱上沒有雕飾，只柱頂一「鴉」獨立展翼，一如前述圖畫中所見，想必具有特殊意義，卻一時未得其解。

秋風秋雨中的克琪港，市面顯得蕭條。阿拉斯加的旅遊季已進入終期，珠寶店等較奢侈的店面都已閉門收業。我在一家賣雜物的商店中買到一本有關原住民的薄書。回船後，塞入行李，因參與其他節目而錯開了閱讀。旅途結束回家，那本書束上高架後，又因無常的日常而遺忘。

女藝廊觀畫後，忽然記起這本薄書，回家翻閱，恍然解悟女畫家筆下巨鴉的昂揚英颯，是一種文化宗教的詮釋。

原來，在印地安人的神話傳說中，一身烏黑的烏鴉，有關創世和光明，非中國文學藝術中的烏鴉形象可比。

神話之一：

> 當宇宙仍處於黑暗期，只有一隻巨鴉在其中飛翔。牠飛竭於地面一個龐大的蚌殼上，忽然聽到腳下蚌殼中有蠕蠕音響。於是以啄叼開。從此，人類的始祖便由蚌殼內的混沌而出，來到大地生息孳衍。

神話之二：

> 宇宙中的黑暗，都是因為一個自私的老酋長。他將太陽抓了下來，掩藏在一個特製的木盒中，心地慈悲的烏鴉，不忍看到人類長處黑暗，便心生一計，要解放太陽。牠搖身一變成為一根細小的松針，趁酋長女兒在河邊舀水取飲時，隨流入杓而進入女兒腹中。女兒從此懷孕，生下乖巧小兒。酋長對他寵愛無所不予，終讓小兒玩耍藏有太陽的木盒。一日，酋長外出，小兒將木盒打開，放出光明的太陽。太陽從煙囪中逃逸時截碎了光芒，化為瑩細的星星和圓圓的月亮。小兒隨偕逃遁。因身型太大，待擠出煙囪恢復鴉形時，已被黑煙染成烏黑。

由神話心理來看，烏鴉之所以「烏」，是因為牠承載了史前的黑暗，又因為牠將一切光明色彩留給了人類。如此大愛，能不崇拜？

至於女畫家作品中一再出現的圖騰柱，那是她的依戀和詠嘆。那種抱樸守真的生活和藝術型態，她擔心會有一天在科技和商業文明中式微。事實上也確是如此。世界上許多文化姿彩，都因商潮澎湃而淡褪消解。圖騰柱文化也不例外。而背後歷史更多一份滄桑。

一八六七年，也是中國國恥鴉片戰爭後的二十多年，帝俄和民主美國，進行了一項暗中交易。俄國求以七百二十萬美元，將原非屬地的阿拉斯加賣給美國，也將那片大地上居住了數千年的原住民，一併像貨物般給出賣了。雖然阿拉斯加的部落族群奮起抗議，認為不曾擁有的土地，如何能自行販賣交易？可是，那個時代，強權即公理，人權麼？道義麼？甚至法律，多少錢一斤？

圖騰柱間的村落，在白人帶來的疾病、淘金熱的商潮中，逐漸衰落遷徙，以至於廢棄。巍聳的彩柱，便在風中、雨中、雪中凋蝕傾圮。直到阿拉斯加旅遊業興起後，民俗村、博物館才重新復建。

而我，從女畫家的依依彩繪裡，照見幾絡無奈的嘆息。

Klee Wyck！魂兮何去？

維州，二〇〇二年三月，《世界日報》副刊

▲阿拉斯加印地安部落酋長。

▲阿拉斯加印地安部落的圖騰柱。

瑪雅國度

瑪雅路斷

多年前，我曾去到墨西哥東南海岸的「坎坷」（Cancun），從那裡乘車往尋兩處大型的瑪雅（Maya）古蹟遺址，分別是「淒清尼殺」（Chichen Itza）和「苛疤」（Coba）。我特意在〈嗚咽海〉（收入三民書局出版社《嗚咽海》）一文裡，將上述地名的譯音，譯成帶有瘡痍的意味。數千年久遠的瑪雅文明，在歐洲殖民主義興起後，慘遭浩劫，行文中的憑弔筆調便顯得沉重。

「坎坷」地帶的瑪雅遺跡，只是歷史上瑪雅帝國的一部分。整個帝國範圍，包括當今中美洲的瓜地馬拉、伯利茲、以及宏都拉斯北境。當今瑪雅古蹟最主要也最廣延的分佈區，處於瓜地馬拉境內。這個國家的一千兩百多萬人口中，半數以上的人屬於瑪雅血統，仍保留自己的語言和天主教也改變不了的習俗。從某種層次的意義來看，也可以說，這是個瑪雅國度。

不過，好幾個世紀過去了，瑪雅子孫經歷著重重苦難。到了二十世紀的五十年代，好像有了轉機。兩個民選總統都曾以民為念，改寫不合理的勞工法、興建學校、鼓勵耕者有其田……不幸，擁有廣大土地權的地主或財團，為了保護龐大的資源利益，勾結外國（美國）勢力而策劃政變，推翻了民選政府，造成極大的民心不平，於是，瓜地馬拉的內戰開始了。民間組成遊擊勢力，反抗執政的軍政府。那一開戰，整整三十六載年光！

內戰期間，當政者採焦土政策，燒毀了四百多個村莊，數十萬人傷亡，上百萬人流離失家。苦難百姓，向誰去申訴不平？

還好，有一個名叫麗葛貝妲曼秋（Rigoberta Menchu）的瑪雅女人，在家破、鄉毀、親亡後，落難鄰國墨西哥。在那裡，她寫下苦難的故事，旋即被譯為不同的語言。瑪雅人的心聲，終於被世界所聞。一九九二年，諾貝爾和平獎頒授予那個瑪雅女戰士曼秋。

於是，瓜地馬拉成為國際人權組織的注目焦點。一九九六年，一項和平協約簽署了，內戰結束。協約條款中保證了遊擊戰士可以「解甲歸田」，也保護了多項瑪雅子民的權益。可惜，曼秋仍在流放中，因為一九九九年總統大選後，她出面指證，政府成員中的兩個重要人物，就是當年主導焦土政策的元兇。但和平獎的聲譽，敵不過當政者的權勢，曼秋被指為叛國，只要入境，便可遭受拘捕。後話如何？我至今不曾聞說。

我在「坎坷」訪古的時候，瓜地馬拉的內戰還沒有結束，我的瑪雅路，便斷於加勒比海的月色和潮音裡，直到今年春季。

瓜地馬拉都城

三月，我和朋友周國棻整裝到瓜地馬拉去。

第二天清晨，從都城（Guatemala City）的旅館樓外望，連綿的山脈，圍成這座中美洲最大的城市。晨光下看來平靜的市容中，皺摺著堪哀的往事。這個城市在一九七六年時，發生過一次震驚世界的大地震。兩萬多人死亡，百萬人家園傾毀，而內戰，方興未艾。

高樓遠眺，起伏的山浪間，火山尖聳擊空。繚繞的雲翳將山容渲染得神秘而溫柔。堪哀的災難好像全都過去了，瓜地馬拉都城裡，生活的腳步，依然走得堅強而從容。

向晚時分，住在都城的朋友Alex帶我們去看市區中最老的廣場（Plaza Mayor）地帶，這一帶，屬於市井小民聚集的熱鬧街市。各種不同年齡層的群眾，形形色色的營生方式，熙攘中自有一種活在當下的興采。海拔一千五百多英尺的都城，黃昏清涼似水，將收市後的金融大街漂成空淡清冷。而這一帶，清涼中隱約沸騰。窄街邊有各種攤販，從食品到時裝，從土產工藝，到中國大陸舶來的廉價電器。這種時刻，有錢有勢的上層階級人士，大都因「安全」問題而自閉於豪宅。不慮有失的常民，卻在踴躍參與生活，盡情品嚐夜景。

都城中，除了大眾式的生活場景，也有菁英式的文化地標。中美洲最大的歌劇院就建在這裡，建築形式十分現代。我們到達時，天光漸暗，已過了參觀的時間。失望之餘，Aexl向工作人員展示證件，並解釋我們來自遠方，明晨即離此他去，希望有機會入內稍作參觀。工作小姐立刻面帶笑容，應允親領我們去看歌劇廳。這種事，若只講條規當然行不通，若因情勢而加添人情，便也未嘗不可。我對這個城市，忽然感到一份親切。

去到歌劇廳之前，因取捷徑必須經過一個小型劇院。舞台上正演出現代劇的場景。三個衣著時髦的仕女，各據台面一隅，在聚光輪照下，進行不同的獨白。台下聽眾都在會神傾聽。看過不少現代劇的我，雖然不懂西班牙語，從形式上也大致可以猜想內容。獨白傳達的，應是各自人生的內情，三種不同的人生，便交融出一個社會現實的切面。我們在黑暗中稍作觀賞停駐後，便隨著工作小姐手電指引的微光，從劇院後穿過，直接走到歌劇廳的大舞台上。

大舞台下，是可坐千人的席位，一齊空楞楞地朝向台上的我們。沒有觀眾，台上的任何人都不成角色。面對一排排的空位，心中忽生感想：社會舞台上，依靠的是台下群眾的文化心靈。這種心靈，又必須依賴台上劇情演出的提昇和培養。社會中，文化心靈的淪落，也其實是舞台上藝文人士創作理想的淪落。

古城夜讀

從瓜地馬拉都城乘車西行，只須四十五分鐘便到達安提卦（Antigua），這座古城建於殖民征戰後的十六世紀。當時是瓜地馬拉的首都，蔚然而成政治、宗教、文化的盛地。十八世紀末，一次大規模的地震，將這座城市的重要性完全震塌了。許多大型教堂、修道院、統治者豪廈，都在這次天災中崩毀。首都於是遷往當今的都城。

不過，安提卦的古往榮華仍依稀可見。有些教堂修復了，有些修院改裝為觀光旅館，傾圮的廢墟清理後，成為供人尋訪憑弔的市區古蹟。居民也逐漸歸來重建故里。一九七九年，鑑於古城的歷史價值，聯合國文教組織特將此城列為文化遺產而予以保護。

安提卦的街道仍依古俗一律石砌。現代化的電纜必須掩藏地下以免破壞古貌。街頭看不到醒目的商標。商店名稱都極不明顯地書於門側牆上。有些側街的民屋上，任其長著青藤或開滿黃花，野意和古意一併盎然。

觀訪古墟後循階下行，偶一抬首，殘破厚砌的牆檻外，框現一片遠疇、屋舍、和青山，真是一幅動人心魄的圖畫，人為的高華永去，而自然生息未斷。我繞牆依檻而望，安提卦附近的三座火山，悄然昂立於晴空下。地震後，兩百多年的人世韶光，何其淹忽！

落腳的旅館是修道院改裝的，廣大的園林、深闊的長廊，厚砌的牆龕間，入夜後都亮起了燭光，修道院裡殘剩的古昔，在燭光搖曳裡魑魑閃映。

住房意外地連有寬大的客廳，落地窗外是一方騎廊，廊下是花木繁茂、泉水淙淙的內院。當年的天主教會，財力勢力兼俱，「修道院」旅館的環境居室，便已足資證明。

夜間梳洗後，一時沒有睡意，就從旅袋中掏出那本薄薄的倓虛大師《心經講錄》，去到客廳燈下準備翻閱，藉以安靜心緒，或者，抓點什麼放在心裡存養涵蘊。

燈下展卷，首先看到「唐三藏玄裝法師奉詔譯」字樣。這是流傳誦習最廣的《心經》譯本。當年，玄裝不辭千辛萬苦去到印度，為要研習梵典。取經回國後，又不辭日煎夜熬，譯出六百卷《般若經》全文。且還誓言不譯完不死。

《心經》就是整部《般若經》的精華核心章節，只有兩百六十個字句。

然後：「舍利子（人名），色不異空、空不異色。色即是空，空即是色……」這裡的「空」，是指人間事象的空性本質（西洋哲學所謂本體），「色」則是指呈現世間的森羅萬象（所謂物象現象）。在《般若經》的思想裡，色和空是一體二面，不容割裂。咀嚼琢磨這樣的句子，可以紓解一些生活中的情緒纏擾和鬱滯。

思索間，忽然意識到所處地是古時天主教修道院，如果夜讀經文的是修女或教士，他們又會有怎樣的感想？如果他們不那麼一味單向傳教，或也可以向其他文化取一點什麼「經」，涵養出一點融會寬宏。秉持這種心態，當年瑪雅文化中數以萬計的古書，還會被焚燒毀滅壓？如果不曾被燒毀，人類可以有多少豐富的智慧知識分享？當今世界或可能是另一種情狀。

可是，我實在想不出，世界上除了中國人，還有什麼民族能夠那樣尊重智慧，奮身奮志向外取「經」的？

彩色的傳統

去到琪琪卡斯特南哥（Chichicastenango）鄉鎮一帶，總覺觸目鮮麗，隨即感受到，當今瑪雅人的生活傳統，就是表現在日常色彩中。

首先注意到的是瑪雅女人的髮飾，用長長的彩帶，將頭髮纏捲盤在頭頂，既整潔，又炫麗。

我在亞提特蘭（Atitlan）湖畔小村，踞高觀賞湖景時，一個拿著大把彩帶的女孩，不知何時湊了上來，十分溫柔輕巧地將我腦後的髮夾取下，我知道她的用意，就在石階上坐下，讓她將我的頭髮放在彩帶間七纏八繞，不一會，頭髮盤上頭頂，完成了彩色髮型。「買了吧！」她笑著說。「當然啊！」我笑著答。

在一個工藝品商店裡，我專神地挑選幾件繡品。店主忽然來到身邊，將一塊方方的、中間裁了一個圓洞的繡帔，向我當頭套下成為彩裳。然後，一條彩布圍褶腰間，再用三寸寬的彩帶，連衣帶裙緊纏穩紮，最後，一疊彩布，垂著未剪去的長穗，妥貼放上我頭頂。幾個小小動作，就將我變成了道地的「瑪雅女人」，全身上下，五色繽紛。

著彩衣的不僅是女人，男人衣著也一樣鮮麗，即使白髮老人，也都大紅大綠，瑪雅人懂得，天地間，色彩有關生命，紅花綠萃、華實青蔬、彩羽虹影。

即是現代交通公車，也像是從調色盤中製造出來一樣，車窗、車頭、車身……五顏六色，我還沒見過任何其他國家的公車，裝畫得如此華美，難怪有些旅遊手冊以這樣的公車作封面。

瑪雅人不僅用色彩來調繪生活的歡顏，面對死亡，他們也不忘用彩色來憑弔。我們在車行時，忽然看到田野間亮出一大片鮮艷，再一注目，鮮艷的並非花木，而是大小高低不同的墓碑。瑪雅人的墓地，聚集了所有可以調製的色彩，將先人墓碑，豎成野地上的錦繡。「死亡」，恍然在天地間含笑。

提卡爾的高古

瓜地馬拉境內的最大瑪雅古跡區，處於和墨西哥接壤的帔坦（Peten）省。這個省在土地面積上佔全國三分之一，但省會卻是一個小城，這個名為弗洛瑞斯（Flores）的省府踞於一個大湖的小島上，居民只有兩三千人，湖對面的聖塔艾倫那（Santa Elena）市區內。因為古跡觀光所建的機場，人口增為一萬多人，就從這兒，我在「坎坷」行斷的瑪雅路重新拾步。

旅館建於湖邊，和弗洛瑞斯遙相照面。湖上有路橋將兩市相連，橋上、車輛和行人在藍天綠水間，日夜不竭。黃昏時，立欄眺望，弗洛瑞斯島上，屋宇上下昭然。瑪雅歷史上，這個島城原名塔雅薩爾（Tayasal），是西班牙人征戰瓜地馬拉時期，最後一個納入版圖的城市。

提卡爾（Tikal）離弗洛瑞斯只有二十五英里的車程，是一座佔地兩百多英里的國家公園。去到那裡的人，可以賞奇鳥，觀異獸，讀巨樹，或者，浩嘆瑪雅驚世古蹟。

瑪雅古跡又何止令人浩嘆而已！經過了一整個世紀的研究和解讀，古跡的斑剝瘡痍裡，已逐漸顯示出瑪雅文明的漫長歷史，以及瑪雅心靈的深沉奧秘。當年傳教士焚燒瑪雅古代典籍殆盡，只因有人好奇而私藏，留下世界上僅有的四冊遺書（三冊在歐洲，一冊在紐約）。學者們憑著這些遺書的文字解密，以及古文物的逐漸出土考證，瑪雅歷史已可溯源數千年，而瑪雅文字，已被認為是世界古文明中五種原創文字之一。

瑪雅人的天文曆算，更是讓現代西方科學家驚嘆。前述「淒清尼殺」有著名古塔，經過了天文學家的多年研究，才終於証實它精確的「曆塔」功能。瑪雅人造曆塔，是靜觀天象，體認感應天體運行，在熱帶季候中界分出春耕秋收的季節，藉以舉行祭典。任何解說瑪雅文明的專書，都有關於古代瑪雅人天文曆算的章節。瑪雅人的時間觀十分浩瀚，對時間的體認很像中國古代的哲學思想，是周而復始，迴旋環轉超升的。歷經滄桑的瑪雅文明應屆超升的契機了吧？

在提卡爾，我爬上好幾座瑪雅古塔。原始森林內，空氣蒸悶燠熱，只有站在塔頂才可以感觸到幾絲天風的微涼。每立塔頂而望，穿林擎空於一片綠海之上的，都是鐵灰色的瑪雅陵塔，多少世紀的瘡痍，瑪雅先靈啊！還在守候著什麼呢？要見證侵略者最終的命運麼？還是，執意期待瑪雅民族智慧光輝的再度重現？

我走下瑪雅古塔時的心情，一方面是沉重，另方面是祝福。

▲瓜地馬拉提卡爾（Tikal）古蹟區內的馬雅靈塔。塔前有石碑和祭台，斑駁的痕跡訴說著好幾個世紀的滄桑。

▲獨坐馬雅宮殿廢墟上。（周國棻攝）

▲瓜地馬拉安提卦古城內的建築廢墟，透過殘破的窗檻，現出了一片遠疇、房舍和青山。

黃山歸來

日出

黎明前，穿上旅館預供的重衣，帶著小手電，大夥兒走上通往獅子峰頂的山寒夜路。他們說，黃山日出是世界上任何地方無與倫比的。行隊中的楊醫生已是第三次為看日出而來到黃山。

黑暗籠罩有如重幃，大家踩著石階，一步一步小心登行。漸漸地，有人不堪眾多手電微光晃成的虛霾浮影，開始嘔吐起來。走得平穩的人，此時也覺得腳軟氣吁。來到一處平坡地稍事歇息，我趁機四顧，墨墨無盡山林，不見半點燈火，也聽不到鳥囈或蟲鳴。好像一切世聲全都凝入了夜中山岑。隨意一抬首，山松細針間簪掛一眉曉月，小小一勺清光，澆得林徑更顯詭祕幽冷。

終於到達峰頂，一座巨崖迎面而劈，依稀有「清涼台」幾個巨體大字，這裡是看日出的最佳所在。崖前一方平岩。欄杆內已站滿了待觀日出的人群。我稍一遲疑，便由崖邊援技攀石而上，踩入崖後半尺凹隙，踞高望遠。天邊出現了幾抹淡淡紅雲，該是日出前奏了，不過，日，從哪兒出呢？好像沒有人清楚，只有肅然靜候。

靜候時，晨風陣陣輕拂，沁涼透衣。我忽然想著手持甘露淨瓶的觀音菩薩，定是她，柳枝沾露輕輕灑，灑成此刻一片祥和與寧靜。也許，日出是世間最莊嚴的時刻，觀日出的人，未能沐浴焚香，藉此清風如露，足以脫胎換骨。沉思際，一陣驚呼揚起，急急尋視，遠處峰隙崖聳間，一漩血紅，澴澴而動，那紅，像太陽普照前的熱血，流露宇宙的溫情和偉德。我一霎震撼潸然，待凝眸，紅日已緣崖而上，曄然升空了。

怪石

多年前，看過一部大陸製作的《紅樓夢》連續劇。原來，片首每集出現的通靈石鏡頭，就是我們去看日出時所行獅子峰的一段山徑角度所拍攝的「飛來石」。

▲黃山飛來石。

黃山「飛來石」是一處奇觀。所以名「飛來」，是因為那峭巨大筍岩；不偏不倚地端立於盤崖之上。岩崖相接處有大縫隙供人細探尋解：若非飛來？怎麼來？

其實，在黃山，這般詭立奇豎的岩石很多，大小狀貌不一。例如就在獅子峰頂北行登臨，對面山崖邊赫然坐著一隻「猴子」，若有所思地下望深谷。那就是黃山怪石之一的「猴子觀海」（又名猴子觀太平）。明明下面是山谷，為何說「海」？

原來，「海」這個名，在黃山是有著特殊涵意的。當然，你會想到，黃山多雲霧，晨昏常見雲海。不僅如此，黃山導覽圖上標明的東海、西海、北海、南海，都是登遊走向範圍。那麼中間呢？中間以天為向，名為天海。

不過，海，也蘊藏著時間意識上的曠古杳遠。地質學家為你尋證：五百里黃山峰脈曾深淹荒海。然後，在地殼運動過程中海枯陸現。又經過造山運動過程，地殼深處的花崗岩熔漿噴湧而出，堆造而成高山。再經過冰川時期，石破天驚，神工鬼斧，砌鑿而成當今的山顏峰貌。又然後，歷史人文推進流衍，山的許多怪石便有了可以會心的名狀：丞相觀虎、仙人採藥、童子拜觀音、武松打虎、豬八戒吃西瓜……登遊看景，你會含笑。

奇松

人說，黃山有四絕：松、石、雲、泉。登遊黃山時，也總在松林中穿行。風來，松濤盈耳，風靜，山崖岑寂。

有些松樹只能仰觀遠望。這些松樹生於陡崖峭壁，枝幹遒勁。看到這樣的奇松時，總會想：它是怎樣生長成樹的？也總會因其紮根崖壁或岩頂的生命力而感讚。古人詠黃山，也多涉筆奇松，必也因為相似的疑想。

到了現代，有了植物學的解答：黃山松樹種子因風或附翼飄墜崖隙岩縫。逢雨露豐潤而萌芽生根。根莖紮入石縫中後，根端分泌一種有機酸，能將石質溶解成土，於是如古人所云「飽食石髓」而生長。雖然遠望一棵虬曲小樹，實也經歷百年春秋。生存上的艱難，不下於人世百年滄桑。

▲黃山石岩上的奇松。

老畫家劉海粟生前十上黃山寫生作畫，最後一次上黃山時，已屆九三高齡。登臨後信筆揮灑，題詩如下：

年方九三上黄山，
絕壁天梯任筆攀，
夢筆生花無定態，
心泉湧現墨潺潺。

不知是否因為畫家詩作的廣傳，黃山北海散花塢景區筆架山的谷塢中，有一柱擎天約四十米高度的筍岩，岩頂有松獨立支空，有人腦筋一動，移詩冠名，成為「夢筆生花」的黃山奇景。

我看到這一奇景時，見岩側搭建攀架，大大有損美感，詢問之餘，才知有一段曲折情事，是這樣的：那棵原生松樹，據科研，已生長了四百多年，又經受了百年蟲害，終於死亡。黃山管理處曾仿造一棵假樹安植原處。但不辭辛勞登山慕景的人，心有靈犀，怒當局以假欺世，引發言誅筆伐。終於，假樹撤去了，種上真松。此松能否長期存活岩頂，有待勞望。人工種植的「花」，在黃山的「夢筆」上，是個可證驗的夢——人力和自然間最終能否調適護控？

除了「夢筆生花」外，黃山上，以形狀名樹的松很多，如：迎客松、團結松、琴松、黑虎松……在中國文化裡，松和石都是詩畫主題或園林主景。看松觀石，其實是在感受體認文化的精神風貌。

峽谷

在黃山最後一次山行，是走西海大峽谷。

這一峽谷由不同峰巒形成，處處陡崖深壑。懸崖邊鑿建棧道，山阻處通穿隧洞，兩峰間搭築石橋，連成由上而下，由低而高，由近而遠，由遠而迴，不能回頭脫隊的長程路。行程一旦開始就得一直走下去，從早到晚，下石階、過棧道、越隧洞、跨石橋……行行須歷九小時。其間，想上廁所麼？找一塊岩石或一棵老樹，便可在松弦調樂。遠山含笑中「返璞歸真」。

▲黃山大峽谷景觀。

走到中途時，二十來人數的行隊，因體力行速的不同而零散起來，形成三三兩兩的小組，相隔影蹤。午餐是旅館按決定參行的人數，頭一晚便準備好的。我原沒有那麼大的「雄心壯志」，臨時「孤注一擲」動念加入，落得沒有飯吃，只有向同行的黃苗林羅筑玲分來「一杯羹」。

坐在山崖畔進食，面對疊疊遠峰，浩浩雲天，吃著吃著，咀嚼的已非人間煙火，而是天地靈糧，偶有山風拂過，傳來隱隱鳥語，山中歇步的人，也許都有古人吟悟之感：「過此成仙侶，歸來無俗人」。

「看景不走路，走路不看景」，這是來到黃山的人一再被提醒告誡的話。黃山之美須待靜觀而成陶冶，而山路的險巇崎嶇更須專注腳下每一步。就那樣，待登上天海光明頂時，上山的太陽又開始下山了。

終於，漫漫長征歸來，心頭，各自捲起黃山千丈畫。

幽澗

黃山予人的一般印象，是奇偉雄峻。不過，乘纜車來到翡翠谷，你會驚訝，黃山在此展現的面相，是那樣秀逸清婉。谷中翠竹，林蔭蔽天，篩成遍野綠。林外有山谷泉澗，琤琮水聲隱約可聞。循聲穿過竹林，便可來到泉岸。澗床中但見巨岩中砥，將山澗分為二泉，又合流成潭。潭水清澈，可數水中累石，潭畔盤岩上築石亭，刻著詩聯：「四面青山繞二水，一潭星月照孤亭」。駐足讀詩，何嘗不是心靈看畫？

順著山泉流向來到下游，這裡豁然開朗，照出山岩堵成的泓大水潭。據說，《臥虎藏龍》的兩個電影鏡頭，就在這裡拍攝完成。至此，你會恍然而悟，先前竹林中橫岩上「臥虎」兩個大字的下一半，原來要向潭底去撈！

潭周崖壁刻著不少要人省悟的佛家語。想起佛教哲學中有一重要概念：「無生」（意同涅槃）。而水邊舉目，山青水碧，一片生機。此刻，人若有思，應不是「無生」的求待，而是宇宙創造的參與。詩也好，畫也好，故事揑造也好，或者，一部電影的鏡頭推敲。

回程中，瞥見竹林邊有廢屋遺墟，在這翠谷的盎然綠意中添了一筆滄桑。想起峽谷長程中，紅日下山的黃昏時際，應可聞「深山何處鐘」的暮音。但黃山上的寺廟都已拆毀改為觀光旅館了。現代遊人之福，原是黃山文化之殃。

而世間事，禍福相倚，一九九〇年，黃山被聯合國教科文組織列入世界自然文化遺產名錄。二〇〇四年，黃山又被確證為第四冰川期的遺跡，成為世界地質公園。自此，黃山備受崇愛保護。無論走到哪裡，都能見到保潔及防火人員進行清檢。

的確，黃山是世界的，它為世界豐存文明圖譜。

而畢竟，黃山更是我們的，它是神州大地的空間奇景，也是華夏千秋的時間美塑。黃山上，無論太陽月亮、怪石奇松、峽谷幽澗……都是中華人文持續創造的靈源。古人來了又去了。如今我來。我在黃山五天四晚，終又此去歸來。我在固好。我不在，你在，他在，他們在。就這樣，黃山將在心心相續處恆峙永立。

西雅圖，二〇〇五年七月，《世界日報》副刊

回憶曉雲山大師

曉雲山大師去歲圓寂時，我在黃山。山行際，忽憶大師曾對我說過要去黃山寫畫的事。黃山的松、泉、雲、石，處處畫意，中國畫家大都懷著去黃山寫畫的心願，想到大師至今未能實現這一心願，不免十分感慨，也許大師不是沒有機會來黃山，而是會務、校務、華梵蓮菀，沒有時間顧及一己私願。

說去黃山已是好幾年前的事了，其間我回華梵還特別問及，大師聞詢，頓了一下，嘆息著：「唉！我根本就忘了去黃山的事。」黃山進不了日常心事，大師日夜懸掛的心事，全屬大崙山頭。因為大崙山頭，在大師心目中，有繫於中華文化和梵國智慧的人文未來，期望華梵學子不致溺入功利時風，而能秉持理想奉獻濟度，那是大師不雜私己的信念和行願，相對於此，黃山寫畫，只是生活片面中的藝術寄情，有也好，無則罷。

我在黃山思及的不僅如上所述，便想到，即使大師來到黃山，也不免有所失望。黃山原有的叢林寺廟不復存在，代替的是觀光旅館的建設，暮鼓晨鐘的文化底蘊氛圍已然淡沒，也許，大師早已知道，不復有念，所以沒來，而且，永不會來了。

黃山歸來後，我忙於應節——感恩節、聖誕節，這些都是海外世俗生活的節奏和色彩，一如國內過冬至、忙舊年。我照往例於耶誕節期間寄給大師一張耶誕卡，略抒黃山行點滴，按往例，我也必會收到大師一張梅花年卡，但遲遲未獲，心中忐忑。

終於董事會李淑玉女士來函，告知大師圓寂，法事辦理完滿，舍利子顆顆光燦，九十三歲高齡的大師，走完了人世奉獻的長程，我在沉哀凝重之際，又因時空的遙隔，對此信息半信半疑，我來年計畫中，是要回台和大師見面，並談黃山的尋訪，我無法想像，我去到華梵大學時，已不再能合掌相迎。

忽然想起大師曾相贈一張作為見面禮的畫作，我從書室架上取出那張作品掛了起來，那一掛，倒懸了三十多年的時光。

三十多年前，我和曉雲法師初次見面，是由先父引領的，那時先父從香港退休返台，續在文化大學擔任教務，和曉雲法師既為同事，又是舊誼，當年的雲山女史，出家前寰宇周行，以香港居民身份而持中華民國護照，擔保人就是先父。

▲筆者與曉雲法師討論佛經中章節。

文化大學最高的樓宇是大恩館，頂樓為鐘樓。曉雲法師在那裡安排了簡淨的辦公室和禪堂。就在禪堂裡，我們初次見面，猶記一襲灰袍的修長身影由屏後轉出，我們相互合十為禮，如今重憶，一如昨日，但那已是二十世紀的七十年代。

三十多年來，西方東方，往往返返，見面的機會多了，交談也愈來愈沒有拘束，我們見面總是在山中，從陽明山的大恩館，永明寺的月明軒……到最後華梵創校的大崙山，我們之間的談話，雖然也涉及宗教，但多半時候，總繞著藝文、哲學的人文主題，交換意見多了，議論契會也多了，我們之間，逐漸忘年。

華梵大學是以科技學院起創，而創辦人的理想，是以儒家、佛家融匯的人文思想作為教化進展，並期以人文掌舵科技。文學院成立之前，先有東方人文思想研究所的開設，有個寒冬，我在東研所作短期客座；這期間我們頻頻見面，談議的時間多了。冬日的大崙山多雨多霧，大師常在晚飯後來到我所住招待所客廳，或商議、或閒話，偶而談到有趣事，也能一時暢懷歡笑。仁眷師說她很少見過師父那樣輕鬆過，畢竟，華梵人事校務，常是繁雜沉重。

我在華梵的那段時間，曾有一個人文科技教員相會對話的場合，我在參與中提問：「人文思想裡，有一種終極的理想境地，例如儒家的『大同世界』，佛家的『心淨國土淨』，科技發展中，是否也有一種理想境地的標的嚮往？」記得當時有科技人作答：「在太空飛行，透過光年，去和孔子對話也很美。」可是為什麼要費那麼大的事，去透過光年和孔子對話呢？我們不是隨時都可以在閱讀、思考、想像中去和孔子對話嗎？我們的對話當然有關人文，科技人在對話中會有什麼樣的思想主題？

當然，科技也是思想主體（從事思考的人）的思維成果，這成果可以是便益生活的工具，也可以成為探索發明的腳踏石，持具踏石，一步一步，科技要引領人類走向怎樣的終極境地，這種境地是不是科技人構思的理想境地？

那場對話默然而終，顯然其間存在著障礙，這不僅國內如此，全世界也都一樣，西方世界的人文科技間甚至張弓拔弩，人文掌舵有期盛世未來，雖然如此，華梵整體發展上，校譽蒸蒸日上，已是當今知名大學。

不過，我因環境變遷，和華梵關係日益淡遠，我在辭去華梵董事位前，自己人生發生巨大變化，父母先後亡故，丈夫退休後，決意遷往親族所在的西雅圖地區，我在西岸生活是一連串的適應，期間又應《世界日報》之邀撰寫專欄，日子過得悽悽惶惶。也許大師瞭解我西遷後的心境，曾在董事會函件上，用毛筆附寫數語極致安慰，函末日期是二〇〇三年三月十三日。

我在大師的贈畫前，良久佇立，畫面上，山崖陡峭中，一座庭閣式樓屋聳立山間，對面遠山，陡崖下濛瀧一片煙水，屋左上方一輪明月，題詩是「空中樓閣閣中人，宛如花間自在身」，我琢磨詩句，細讀畫面，一時油然驚覺，三十多年前，大師的神筆，已構思出我當今的生活環境，我們的樓屋確建於山間，長湖煙水外，是奧林匹克遠山，晚上的月亮出現時，正是樓屋左方。是巧合麼？還是神契？再讀詩句「花間自在身」，對於我，只是宛如，也許，這是大師構思時的美好境地。

大師一生行願，可說已然達成，記得，那年在華梵客座，大師來我住處夜談，直到深夜，修慈師來催促：「師父！太晚了，我們要回家囉！」我曾為此語怔然，目送她們消失長廊，如今重憶此語，忽然有悟，大師的「家」，就是大崙山華梵校園。這裡那裡，足跡所至，都有大師心痕手跡。何處不見其生前顧愛與辛勤？但看大崙山上，花花木木，沐浴慈雨之餘，一一府首敬禮。

▲華梵後山的大石景觀及遠處的雲山。

大師！花間自在，圓歸涅槃。

【作者註】

「曉雲山」是曉雲法師出家後，繪畫創作上所用的藝名，我們因藝文同好而結緣。撰此文紀念這位傑出的佛門藝術家。

序　郭浩民《緣繫今生》

認識郭浩民是因為女兒的病。

認識郭浩民也是因為他創立美華音樂社每年的音樂季。

認識郭浩民還因為他寫文章，將我視為能鼓勵督促他的寫作知音。

那年，女兒忽然生病而且來勢洶洶，時間正值感恩節，診所醫生都關門渡假了，我焦急如焚之餘，更有一種無助的孤獨愧疚感。忽然想起一次台大校友聚餐的場合中，有一位是醫生。我翻開校友名錄找到電話，一時遲疑著。我不認識這位校友，平時沒有來往，佳節急事相求，他會有怎樣的反應呢？我忐忑不安。

他的反應十分真誠。聽完我訴說女兒的病情後，他要我先別著急，他會立刻和一位可以對治理女兒病情的專業醫生聯絡。

那個感恩節，我必須衷心感恩的，不是上帝，而是郭浩民。

郭浩民自小習大提琴，他的太太安妮會彈鋼琴。他們的三個兒女也各自學習不同的樂器，可說是個和樂的音樂家庭。也因為對音樂的愛好，以及對音樂教育的理想，他和摯友黃漢臣合力創建了華美音樂社。一年兩度的音樂演奏會，為華府中國人社區憑添美好的音樂季。一向連豆芽菜（樂譜音符）都不認識的我，也在一年兩度的演奏會的聆聽中，逐漸被教育成為可雕的音樂朽木。

的確是一年兩度的音樂會參與，讓我對一向不太關心的西洋古典音樂有了較深刻的欣賞能力。印象最深的一次是美華音樂社管弦樂團演奏德弗乍克的《新世界交響樂》。我靜坐聆聽，感動深深。

後來，我寫了一本有關德弗乍克生平及其音樂創作的故事，是台北「三民書局」出版的一部古典音樂家系列故事之一。我之所以選擇德弗乍克為寫作對象，一方面是因為華美音樂社的演奏聆賞，另方面則是因為考慮到德弗乍克這個作為一個音樂藝術家的人物性格。他品質中的淳厚、率真和忠誠，讓我聯想著郭浩民這個人。不同的是，德弗乍克出身貧窮，從事音樂謀生的艱苦到音樂盛譽廣被接受的過程中，磨練出一種性情上的嚴肅和深沉。而郭浩民則出生於一個富裕家庭，又備受姐姐們和母親的寵愛，陶養出他個性中的幽默感，加上一種童心式的戲謔感。

記憶中有兩件事，一則想起仍不禁莞爾；二則想起仍可令我發笑。

先說前者事。有次郭浩民上完琴課後直接去一家高級餐館參加聚宴，時間還很早，見寬大的酒吧間有幾個人在飲酒談天，角落上一架鋼琴已蓋上琴蓋，顯然到時候還會有琴師來演奏。他一時興起，就坐在琴椅一端打開他的大提琴，一本正經地演奏起來。一曲終了，只見一個飲者走到他面前，十分鄭重地將十元鈔票遞給他，作為表示欣賞的小費。浩民起身接過鈔票，連連稱謝。儼然他就是一個在酒吧中拉琴賺小費的落魄提琴家。

至於第二則事，是有一年華府區最大型的年舞會中，浩民和一位有名的女司儀共同主持舞會前的節目台詞。那一年是羊年，女司儀抱著對郭浩民機智幽默的期待，開始說如三羊開泰等的羊年吉利話，以為浩民接下去也說些開場白的傳統祝福話語，誰知他卻若無其事地說了幾句不相干的話：羊在山坡上吃草……小羊在坡上吃奶……瞪目結舌的女司儀一時不知如何接話，只好讓浩民去胡言亂語一番。

舞會中特別節目之一，是男士們穿芭蕾舞衣跳天鵝湖舞劇中的一段。浩民是舞者之一，他在身體的笨重中著意表現舞姿輕妙的一本正經，直教人笑痛了肚子。

當年的德弗乍克，是一個愛家庭、愛學生、愛師長、愛鄉土的人。他最後拋棄了他在新世界（美國）的高薪高位而返回自己的祖國。

像德弗乍克一樣，郭浩民也是一個愛家庭、愛他的病人、愛他的師長和愛他生長就讀受教的澳門。他寫〈我心中的澳門〉記憶是那麼深刻又生動。每一個店舖，每一種吃過得東西，每一種人物生活形態……他都寫出了一種情味。甚至澳門無所不在的「賭」他也觀察出一個小小的指環，也能成為一種賭博工具，而那個每晚出現在南灣廣場夜市中的上海人就是憑他的小小指環賺取生活。連葡兵也花了大把銀角也猜不透那明明套上中指的指環，怎麼又會圈入食指？

如果有誰要拍一部以老澳門為背景的電影，〈我心中的澳門〉是可以作為藍本的。

歷史上的澳門曾由葡萄牙人統治，但澳門人我行我素過著傳統的生活，孩子們學的也是中文。說的都是廣東話，沒有人特意去學葡語，反而是葡人特意學廣東話。可見澳門人生活中的文化意識是多麼強韌。

而歷史，從來不是一條垂直線，在曲折迂迴婉轉的時間軌轍中，澳門終於歸回中國，而中國在國際上政經都開始了雄峙的局面，澳門也隨之因開放而起了極大的變遷。老澳門在郭浩民的心版上深刻永銘，而新澳門呢？它將來的變遷有誰能預期呢？

歷史如此，生命也一樣。

在我們的人生路上，我們成長，成熟進取，邁進……而與我們生命相關相繫的人、事、物、境……卻在不知不覺間逐漸變遷。郭浩民人生變遷中的第一次巨大痛楚，是教養他並愛護他備至的母親去世。

浩民當時正值事業高峰，家庭美滿，已和妻子安妮育有三個可愛的子女。聞說母親病重，便全家趕赴母親榻前侍候。但因診所事忙，一個月後辭別返美。母親仙逝時，他在忙於診療病人。母子無緣作最後訣別，是一大憾事。

後來，浩民以無限懷念之情寫了紀念母親的兩篇文章：〈記憶中的母親〉和〈母親的針線盒〉。

平時，他的每一篇文章都寄給我過目要求修正或建議。但那兩篇寫紀念母親的文章，他始終保密。直到我看到《緣繫今生》的打字稿後才讀到。

〈記憶中的母親〉篇頁中有一段十分感人的描寫。那時他高中畢業了，被遠方的醫學院錄取，即將負笈遠行。有個夜晚，他和朋友在外歡聚，玩到半夜才回家，而母親早已等候多時了。她坐在涼台上那張慣坐的籐椅上，要浩民沖個澡吃點東西再出來陪陪她。浩民來母親面前，月光下的母親臉色凝重。他忽然明白了，一種生離的悲情洶湧而來。母親從來沒有阻止過他的遠行就學，但她是如此不捨。母愛觸動了他深深的柔情，一個平時愛玩，愛動，愛打球的大男孩就一下成為一隻小綿羊，伏在母親膝上哀哀地流著離別的眼淚。

另一篇是〈母親的針線盒〉母親在世時，常常為浩民縫綴脫掉的鈕扣或破綻的袖領。母親去世後，他留下兩件可以紀念母親的東西，針線盒是其一，代表母親辛勞和撫養的愛心。他在文章結束這樣寫：「母親如果仍在世上，我會對她說，我現在已不用你幫我縫回襯衫上的鈕扣了，因為我已學會了縫補衣裳。」

真的嗎？浩民！早知道，我一定會去問安妮。

而安妮，浩民生命中第二個關愛他的女人，也離世而去了。我已無法向她求證縫補衣裳的事了。猶記兩年前，安妮來西雅圖看她女兒時來我們家吃飯談天。安妮那時第一次化療的療程已結束。她看起來好像已恢復健康，胃口好，談興濃。我和她還曾在涼台的欄杆邊照了相，誰曾料及那是我們最後的合照。

安妮再度病發後，情況急轉，不久消息傳來，她已不能進食。靠輸營養來支持。有次打電話時她曾告訴我她現在特別喜歡可樂的味道，但也只能含在口中，一吞下去就會馬上吐出來。我心中很沉重，語言成為無用的糟粕，沒有任何話可以安慰鼓勵她。

而那時候我自己也在病中，為了生理上的治療，也為了心理上的舒解，我在住區山路行走已一年了。送走殘春，迎來盛夏，然後，踩過秋葉，又踩過落花。我將人生中的點點滴滴，片片段段，重新整理摺疊，束之遣之，期將最後的生命階段簡化淨化，而至於無憾。

但我無法不想到安妮，想到她的處境。她比我年輕得多，而在人生交響樂裡，她即將像最後的符音，莊嚴靜美地消隱。

其實，我們都是最後的符音，人生主題旋律早已過去，山路上我獨行踽踽，望著路邊的花木，遠處的湖山，想起有一次去西雅圖中國城購物，為了便捷車子開上了另一條路，一轉彎，看到一堵屋牆上用深紅色漆成一道拱碑，上書「天地父母」四個大字，拱碑前有供台供著果物馨香。那突然的照面，讓我觸及了民間深沉的智慧，感動得眼淚盈眶。除了生身父母，天地不也如父母麼？陽光雨露，四時遞轉，萬物滋生。無形中養我長我，然後我們老了死了，又接納我們重返懷抱，安我息我。完成人生交響樂章的最後符音而回歸宇宙的永恆靜默。

安妮終於去了。靜如天地湖山。

山行中，我也不能不想著浩民。安妮無法再進行治療後，回家靜養。浩民長時間照護她日常需求，也長時期憂慮著她最後時刻的到來。我寫信給他：「生死事，沉重有如地球，你獨個兒地肩扛了起來，我無法不由衷欽佩。」

安妮去後，他在電話中對我說：「哭是沒有用的，過去的永遠喚不回。該做的事都需一一完成。」

這段折翼時間，浩民用文字表達了他對安妮的感懷，也思念起安妮對整個家庭的無私奉獻和關愛。對安妮來說，那還不夠。她還要愛她的孫兒孫女，看他們茁長壯大。她有憾麼？浩民說有憾的人生也是完整的人生。誰又能無憾呢？我們各自都有自身運命的完成。

《緣繫今生》的篇頁中，浩民寫的大部分是和他人生有密切關係並有啟發影響力的人物。例如，曾經治好他的病，並引導他走向醫學路程的文忠傑醫生，和他亦師亦友的大提琴家史提芬奇士（Stephen Kates）。還有艾文太太，教過他二十年的大提琴，不只是教他琴藝而已，艾文太太對他指點出音樂的奧妙所在。因為音樂能表達人類語言所無法表達的意涵。同一首曲調或同一樣的旋律，在演奏者喜怒哀樂的不同感情心態中，便呈現不同的詮釋效果。而且演奏者不僅是操作琴藝而已，他必須預想演出的舞台，也必須想像演奏的對象。舞台是為有資格的琴藝家而設，聽眾是為欣賞而來。決不能讓他們有所失望。必須在自己能力之內做到盡善盡美。艾文太太無異是個嚴師。但是課餘時她卻是個慈母。琴室之外的餐廳裡早有預備好的可口蛋糕與飲料，供浩民一家大小享受。這個亦師亦母的恩師突然因心臟病過世。他哀悼之餘，特別開了紀念音樂會來紀念她。並且寫了長文敘述他們的情誼。足見他為人的真摯不渝。

浩民筆下的人物固然大都為關係親密或對他有影響的人，但也有根本沒有關係的人物。例如〈台北憶舊〉一文中的文星書店的老闆娘，只因為當年她對來書店的港澳僑生態度親和，讓浩民在異鄉求學的寂寞日子裡有一份溫馨感。數十年後，他還記得老闆娘的音容舉止，他在醫學院畢業離台前，特地去文星書店將那本厚度有兩三英寸的Rembrant大型畫冊買下作為對老闆娘的答謝。在文章結尾時，浩民說：「如果有幸再見蕭太（老闆娘）的一天，我一定會問她：妳叫甚麼名字？」連名字都不知道的人，卻讓浩民數十年懷念。其實她懷念的是那個人的品質：善良，愛孩子，愛朋友……那也是他自己的品質。而他懷念的人也都有同樣的美好品質。

緣是甚麼？雖然浩民在自序裡給予一個簡潔的定義：緣是冥冥中人與人的巧遇。也許，我們還可以深一步想，緣是促成相似品質的人相遇，相愛，相切磋，相砥礪，相完成的本原因素。

浩民的愛好很廣，除了音樂，他也愛藝術，愛文學，愛集郵，愛一切美好的創造。他還不認識我以前就已不時看我發表報刊的文章並剪下貼在剪貼簿上，不僅是我的作品，凡是他認為的好作品他都會剪下，他曾告訴我那樣的剪貼簿已集成了好幾大冊。

後來我們相處熟了，他會偶然寫些文章讓我先過目，希望我予以建議或修改。我是個認真的人，每次收到他的稿件我都會認真地閱讀並作適當的修改。也有時候我會建議他改寫。例如〈母親沒有教我的歌〉是他追思亦師亦母的大提琴老師艾文太太。他的初稿是一種直接敘事，從艾文太太突然心臟病去世，憶及她生前種種嚴師慈母的教誨和關愛。我建議他從往日學琴的共處時光逐漸寫到艾文太太在風雨中汽車路旁孤獨猝亡的悲劇。

這篇文章他擱了很久，直到他開完紀念艾文太太音樂會以後才寫完。我看到這篇文章時，是讀他《緣繫今生》的打字稿。這是我沒有改過一個字的文章，卻令我感動。可見他已漸漸走上了獨立寫作之路。

另一篇〈一首永遠唱不完的歌〉是浩民悼念亦師亦友的大提琴家史提芬奇士（Stephen Kates）的長文，他寄給我看時，我十分感動，一字未改寄還給他。後來這篇文章以主版幅面發表於《世界日報》，他已儕身於作家之列了。

郭浩民經常向我問一個問題：「你是不是學過修辭學？」我連修辭學是甚麼都不知道，何況學過？我一再告訴他，寫作最重要是感情，文字是其次的事。寫作的訣竅只是寫，常常寫，寫得多了，文字也隨之暢雅。〈一首永遠唱不完得歌〉就是感情支撐起敘事而成為一篇好文章。

記得浩民曾談到學琴的奧秘，他說，學琴的人如果看過一個母親抱著她垂危的孩子的面部表情，他的琴藝必能更進一步，寫作的人也一樣，假如他沒有深沉的同情心，假如他不懂得悲憫和痛苦，即使文字再美，也是浮淺，不能感人的。

作為一個醫生，在治療救危的長期過程中，浩民已為他自己儲備了寫作的基材。此外，他對音樂文學和藝術的愛好和素養，加上他為人品資的誠真，也為他奠下寫作的內在條件。我期待他會有更多的作品出版，並為此祝福。

▲一九九五年，攝於筆者維州家中。左起依序為：郭太太安妮（司徒貴重）、筆者、郭浩民。

附文　音樂緣
——兼談中美音樂協會的創立

雖然，我總是說我不懂音樂，卻又在生活裡不時和音樂一線相牽——或因人，或因事。以致於讓我對音樂起了些許探索，也終於提筆來寫這篇「音樂緣」。

話，說來很長。時間拉得很遠。

那年，我是台灣大學的「新鮮人」。不知怎麼被拉入了合唱團。合唱團的伴奏是一位文質彬彬的香港僑生，鋼琴彈得很好，尤其精於彈奏蕭邦。大家也就順口稱他為「蕭邦」。偶爾，「蕭邦」會來約我外出。但我和他就像和音樂一樣，太隔閡。暑假到來，他說他將不再回台大，希望約我最後一次出遊。我答應了。誰知回到宿舍，原定第三天結伴回家的室友們，臨時變了卦，要改乘第二天一大早的慢車回家。我無奈，爽了約，也來不及說再見。可是，第二天我還是沒趕上那班火車，眼睜睜看著火車離去，我站在空空的月台上，獨自懊惱哭泣。噢，那一年，我十八歲。好年輕，好沒頭腦，好多不能原諒的過錯。

那時候，台大校園裡，杜鵑謝了，鳳凰木開花的季節，不時舉行音樂欣賞會。所謂欣賞會，不過是聚集一些音樂愛好者，用擴音器播放古典音樂唱片。我不懂音樂，也就從來不參加那樣的聚會。只有一次，我夜讀無聊，獨自到校園裡散步，和暖的空氣裡傳來音樂欣賞會的樂音。忽然想去湊個熱鬧，便信著腳步往音樂擴放處走去。來到會場邊，但見裡面坐滿了聚精會神的音樂欣賞者，心裡一怯，便又走開了。那一晚，月色很好，又不想再繼續夜讀，便乾脆來個「夜遊」。我穿過樹林，往校園靜僻處前行。久久，覺得身後老有腳步聲，鼓起勇氣回頭看，果然有影相隨。心裡一驚，便抄近路轉回宿舍。第二天收到一封信，署名「正義王子」，他說；我太傻，太年輕，還不能想像世界上到處都有陷阱。而他，昨夜相隨，只為保護，絲毫沒有惡意，並勸我多加小心。不久後暑假到來，「正義王子」來信說再見，他已畢業了，將從此返回他的僑居地——香港。

那兩個香港僑生，那兩樁台大舊事，早已由時間的列車載得很遠很遠。卻又忽然無端地折回到我的記憶，都是因為郭浩民。

那晚，在浩民家的餐宴上，大家天南地北無所不談。席中還有浩民的生平摯友黃漢臣。談著，談著，就談到當年台大，台大時代做學生的日子。還有音樂，音樂的藝術本質……。

浩民和漢臣都是當年台大的香港僑生。僑生們生長海外，有著比較自由的文化背景和環境，個性上更為鮮明，生活上也較活潑。因此，僑生間趣人趣事也多。

例如暑假時，大家整裝返回僑居地，大包小包，苦於搬運。卻有一人，兩手空空，冷眼旁觀。問他：咦！你的行李呢？他回答：統統都當掉啦！也真虧他想出那樣一個免去麻煩的好辦法。

又如寒窗正苦讀，宿舍外忽聞有人大喊：「來呀來呀！來看呀」這一喊，給僑生宿舍投下一顆興奮彈。大家奔相走告，一齊往宿舍門外跑，以為可以看到什麼奇觀，來沖淡一下苦讀的無聊。卻見那叫喊的傢伙，若無其事地站著。問他：「看什麼？看什麼？」他伸手輕輕一指：「看那牛！」順著他所指望去，阡陌上果然有條牛。「牛怎麼樣？」大家又十分不解，再問。「牛有條尾巴。」他靜靜地答。大家明知上了當，不甘心地逼著問：「牛尾巴又怎麼樣？」「在搖⋯⋯」於是大家將他一陣打罵，散了開去。留下那伙去作「牛尾巴」的哲學沉思。

還有，僑生間生活雖然不乏輕鬆的一面，卻也有人過得並不輕鬆。郭浩民學的是醫科。當年醫學院的教授們大多是台籍，只會說日文和台語。國語尚且聽不懂，何況其他？上課點名，點到自己頭上，還呆著像丈二金剛，只好去依賴旁座的「非僑生」。座位按學號編排，只要「非僑生」一聲「有」管他叫的是張三李四，照答不誤。可是聽不懂課怎麼辦？學期末了，不及格如何是好？只好心一橫，硬著頭皮去求「婚」……，慢著，國語不靈光，求「婚」就是求「分」。

華燈下的餐宴上，大家的笑意被往事渲染得更濃了。笑了一陣後，郭浩民嘆息著：「台大台大！進去難，出來也難。」在那種難日子裡，好在有音樂。

談到台大當年，說到當年音樂，我就忽然想到「蕭邦」，想到那個有月亮、有「正義王子」護駕的夜晚。那個時候，我根本不認識郭浩民和黃漢臣，而「蕭邦」，卻是當年他們的音樂夥伴。黃漢臣拉小提琴，郭浩民拉大提琴，加上「蕭邦」的鋼琴，正好湊成三重奏。那美好的旋律和諧音，就將所有的疑慮和苦惱滌淨撫平。

這就觸及了音樂的藝術功能和本質問題。對於一個不懂音樂的人，不免要像一個傻瓜般地發問：怎樣才能分別一首樂曲的優劣？又如何來定奪某首樂曲的好惡呢？黃漢臣答得很直截也很簡單。他說，聽了過癮就喜歡，就是好。我開始對他的話玩味起來。過癮；是同時屬於生理和心理的反應。由音符組成的旋律和樂韻，透過聽覺而引發情緒的轉化；而成身心雙重感受。郭浩民說，的確是那樣。欣賞音樂時，人是被動的，音樂成為一種感染和移情。然而，在演奏的時候，音樂本身又成了被動。人的情緒可以促成音律的變化。有一次郭浩民去上大提琴課，老師問他為何那樣忿怒？果然他正因某事而忿恨不平。又一次，老師問他為何如此愁苦？果然他也正在為某事而憂煩。如此，音符所成的音樂，就像文字所成的篇章，色彩線條所成的圖畫，肢體動作所成的舞蹈，是一種藝術媒介。欣賞時，它將我們個體的禁錮從有限中解脫出來；引度到空闊和無限。演奏時，像一切創作過程，它宣洩了我們內在情感。不僅如此，音樂演奏又像一切創作，它表達了我們的生命內涵。記得有一次浩民談到他做一個小兒科醫生的種種經歷時，感嘆著：「一個學琴的人，只要有一次看到一個母親抱著她垂死的孩子的經驗，他的琴藝便會更進一層。」

可是，音樂又畢竟不同於其他的藝術創作形式。音樂的演奏者，可以因各人不同的才華和稟賦，將同一首作品詮釋出不同的風格而成為一種再創。其他藝術就無法有這樣的再創。比起其他藝術，音樂更有規律可循，也更講求訓練上的嚴格，本質上它可能傾向理性。而音樂家或者熱愛音樂的人，在現實生活裏必能有條不紊，感情上也必清明不雜。像梵谷那樣濃烈的人，定然學不好音樂；像李白那樣狂狷的人，也入不了音樂之門。黃漢臣和郭浩民，一個學工、一個學醫，將他們放在理性和感性兩個類型來衡量，他們的理性成份必然更重。科學家愛因斯坦聽說會拉小提琴，哲學家尼采在著作中談及對音樂的熱愛。也可說他們都是理性人物。如此看來，我之所以不懂音樂，怕也是資質和性格上的問題。雖然如此，我和音樂的緣份卻又不斷，中美音樂協會的演奏會總是要去的。這又是因為郭浩民。

認識郭浩民，是因為女兒的病。

那是三年以前的事了。那年感恩節女兒忽然生病。那期間醫生診所都放假關閉，醫生也大多度假去了。我將女兒帶到急診室，求診的人很多，醫生匆匆地診查了女兒，便宣佈第二天要入院。我心裡大慌，又對醫生的草率十分不滿。可是怎麼辦？事急燃眉，走告無路了。回到家，想到台大校友會，想到校友會前任會長郭浩民，想到他是華府區的著名小兒科醫生。於是以校友之名打電話到他家求救。他聽完我的敘述後要我別急，住院事可取銷。他認為病情不可能那麼嚴重，並立即答應相助。平時沒有任何交情，有急難時無端找上門來，能那樣真誠相待，在人情淡薄、講究利害的海外世界裡，那個感恩節，我真是有許多恩可感的。

第二年初夏，我們收到中美音樂協會演奏會的節目單和入場券。我們如期赴會。不過，與其說我是去欣賞音樂，不如說我是去誠心捧場。因為郭浩民是音樂協會的會長。雖然如此，那晚的演奏會中，我卻第一次感到，我和音樂之間也並非完全鴻溝不可越的。演奏會中有美國青年用吉他彈奏古箏樂曲「平沙落雁」。這支樂曲我曾聽古箏名家梁在平彈奏過。沙岸和秋雁，又常是中國古典詩詞中的景象。我的想像也就一下子乘著吉他的音符開始馳騁。那晚演奏會的壓台演奏者，是來自英倫的華裔名鋼琴家李淵輝。在他彈奏的鋼琴曲中有一首是德布西的「寶塔」。琴音裏有幾處彷彿廟宇鐘磬，那是我熟悉的音符。於是，我想著日月潭畔玄奘寺的晨霧，想著西安大雁塔的斜陽，也想著「姑蘇城外寒山寺，夜半鐘聲到客船」的唐詩句子。儘管，這些都是我慣用文字和意象的傾向，但卻是由熟悉的音符促成。那麼，音樂固有關資質和性格，也更有關於薰陶。在我成長的歲月裡，簡直就沒有音樂。五線譜上上的「豆芽菜」，一個也不認得。薰陶原來是生活中的教育過程。耳濡目染，漸砌塑而成欣賞和愛好。怡情養性的進境中，完成我們個人的品質。

中美音樂協會的創辦宗旨和目的，就是為僑界和社區人士——年輕的、不年輕的，在生活奔忙和「搖滾樂」「迪斯可」震天的環境中，提供一個藉古典樂來提昇心智、薰陶性靈的機會。也為音樂界的新秀和專業人才，提供一個表現才華的場所，協會是以一個三十多人的弦樂團為基礎，加上不同音樂名家，如前述李淵輝及林昭亮等的義務演出、音樂新秀的綻放光芒，形成了季節性的正式演奏會。而中美音樂協會的創立，從台大校園中的音樂遣懷，到華府僑社間的音樂推廣，可說是淵源久遠。

從台大到華府，黃漢臣和郭浩民始終是音樂上的同好和夥伴。在一次又一次的合奏聚會中，在年年歲歲的邁進中，他們從自身對音樂的喜好，到關心僑社和海外第二代的音樂薰陶，終於興起了創立音樂協會的念頭。就在一九八二年，中美音樂協會誕生。這個非營利性的音樂社團所依賴的，除了正副會長郭浩民和黃漢臣的心力之外，更有各界人士的真誠貢獻和支助。雖然，經費問題始終是主要困難，所舉辦的演奏會卻一次比一次成功。可見音樂的藝術薰陶功能已逐漸擴大展開。八月間中美音樂協會全團前往台港的遠征演奏，也說明了這個音樂社團的聲譽已由華府本區遠播。時日冉冉，中美音樂協會的重要性也將不斷地成長。

而我，雖然「蕭邦」的琴音早已在記中消逝，台大校園那個音樂欣賞會的夜晚已成黃花舊事，但音樂緣還在。天涯羈旅中，當每個不同季節到來，日曆上總有中美音樂協會演奏會的活動日程。透過每次演奏會的聆聽，我想，我對音樂的欣賞力會慢慢提高。至於認不認得五線譜上「豆芽菜」，也就不那麼重要了。

後記：中美音樂社為華府僑社貢獻了多姿多彩的音樂季，一共維持了二十多個年頭，現已結束。

最後的約會
——回憶與琦君的一段友情

琦君逝世是在二〇〇六年春天，我正在病中，心情極為消沉。有天夜晚我坐在書桌前，並不是想寫什麼，只是坐在那裡，支頤感傷。忽然想起琦君，我生病以來，已很久沒有她的消息，也沒有和她連絡。看到桌邊的電話就拿起來撥接到她回台退休定居的潤福大廈居所。接電話的人照例是她先生李唐基。我問他：「琦君好嗎？」他回答：「琦君已經走了！」

第二天午後，我在廚房中取水喝，丈夫在樓上看報，忽然大聲告知：報紙上報導，琦君已經過世了，妳知道嗎？

我知道。

他的那句話像個鐵球一樣，重重地擊在我心上。昨晚我哭著掛上電話。今午再重複的消息，讓我重新含淚。我拉開玻璃門，走向陽台，伏在欄杆邊，讓眼中愈來愈多的淚水，滴向院中的花木。

我哭琦君的逝世，也許，我也哭病懨中的自己。

*　　*　　*

一定是一種預感吧，琦君逝世的前一年，我有一種迫切的願望，希望再見到她。自從她和先生李唐基回台定居淡水的潤福大廈，我們遷居來西雅圖後，每次通電話，她總是問：妳什麼時候來看我啊？我也總是回答：我一定會來看妳的。

我一向是個守承諾的人，何況我還加強了語氣：一定。

我知道暮年的琦君也很想見我這樣一個可以談心的朋友。

我開始計劃赴台的日期，並向唐基先生打聽在淡水住宿的問題。

後來知道潤福大廈內即可預訂客房。終於我訂了十一月飛台的機票，決定在潤福大廈訂宿兩夜，多一點時間和琦君相聚聊天。又不致麻煩太久。

*　　　*　　　*

回台後在弟弟家休息了兩天，就收拾了簡單的行李，獨自乘上開往淡水的捷運車。車程約有一個小時，我無心去看車外的景物，只回想著第一次認識琦君的往事

*　　　*　　　*

海外華文女作家第一次開會的時候，我是最後到達會場的人。低頭在桌上簽到時，覺得對面坐著的人默默看我，我簽到

後抬頭回看她。她正是琦君。比看過的照片影像要親切動人。我沒有打招呼就往被指定的坐位上坐下，等候開會。

那次開會的地點是陳若曦的家中客廳，會議也是她倡議召開的。那時的琦君大約是我現在的年齡。衣著很樸實，表情很真誠，也帶著一種孩子般湊熱鬧的歡愉神情。休歇時間，她向我走來，我們相對而笑時，她對我說：「妳寫得真好啊，我有時還剪下來呢。」她說話的表情很坦真，不是應酬式的客氣話。

我大感意外之餘，也十分感動。無論是年齡或作齡，她都是我的前輩，無疑，她是在嘉獎鼓勵我。

那是一九八九年。

▲在賓州愛美昔（Amish）農村，程明琤和琦君及駕馬車的Amish人傑克。

＊　　＊　　＊

淡水終站到了。

我下車後叫了計程車直驅潤福大廈，在接待檯前我辦完登記及住房手續，打電話到琦君住室，告訴他們我放下行李即來。

在電梯內按了十七樓，電梯門開時，唐基先生已在門口迎接。隨即他引我走向他們的房號。我心中十分興奮，卻又帶幾分惘然。好像才不久前他們還住在美國新澤西州的福德里（Fort lee）。我也曾從那裡接琦君開車去賓州的愛美昔（Amish）農村，乘坐當地的馬車，去看愛美昔人在曠漠的田地上春耕，也看他們田地那邊的白色莊園和風車。我後來寫了一篇〈愛美

▲與琦君最後的合照。二〇〇五年攝於潤福大廈寓中。

昔〉紀遊散文刊在中央副刊上。我以為，她看了愛美昔土地農莊，會憶起她童年家鄉的老屋阡陌而寫些感想。但她並沒有隻字片語。

也許，她心情淡了，任何風景，也如煙雲。

* * *

她定居潤福大廈後，我們通電話時，她會天真地問我：我現在在哪裡呀？妳現在在哪裡呀？我不止一次回答她：我現在在西雅圖，妳現在在台北淡水。雖然答得老老實實，心情上卻是蒼蒼涼涼。時間變了，居住的地方變了，時空感在現代航太迅捷中變得那樣恍惚。

入門後，眼前重帘垂垂，琦君坐在左側沙發端側面閉目養神。頭髮全白了，她早在新州時就曾告訴我，她已不染髮了。她繫著一條淡綠色的圍巾，穿著也十分素淨，皮膚看來比從前更白皙。人也較以前瘦些。我走近她，她睜開眼，抓住我的手，像孩子一樣仰臉對我說：妳看！我怎麼會這樣呢？我一時楞住了，沒有明白她的意思，而且我正要告訴她，她側坐養神的姿容十分美麗。

原來，她必須坐輪椅代步。她是在質疑，她還沒有準備好，怎麼「老」就這樣到了？

她坐上輪椅後，唐基先生為我們久別重聚拍照，我蹲在她的輪椅邊，相依面對相機作態而笑。這真是紀念照啊！重聚再別後，我們還能重聚麼？別時容易見時難，我們的笑容裡必滲著無可奈何的悵然感。

雖然久別，好像也沒有什麼談不完的別後話。琦君定居淡水後，有一連串訪問活動。報紙記者訪問寫她回台生活種種的談話感想。出版社編輯寫她的傳記，訪問她一生中點點滴滴的事例和回憶。還有她當年執教的中央大學商議成立琦君文學研究所……

話，說了又說，說到後來，她只好說：都不記得了。

那天，我們之間談話，最記得她說過的一句話是：「程明琤，妳再和我談哲學吧！」

她指的大概是在美國時電話中的長談。有時是文學上的話題，有時是宗教上的問題，也有時是文化問題，甚至有時是人生中的難題，我總是找些話來作詮釋和解析。她就說我懂哲學。

那時，一談就是個把鐘頭，可說談興是淋漓盡致。但那時談的屬於那時。而此時，我們除了簡短的問安外，已難重拾當年的談興，也難回到當年的話題。

我們都不善長應酬話，可以裝點一些重聚的興采，在我們相對微笑中是一種欲言又難言的語默。我的目的純粹只是來看望她，並非採訪，我並沒有任何特別要探問的事件或情況。我心中原只想要和她共用一段時光，帶她去淡水老街看看河景，逛逛小店，或者在那個小茶館坐下喝杯下午茶。後來知道不太可能。磚石鋪地的淡水老街，很窄，不適合輪椅行動。況且她有長時午眠的需要，時間上也不易做到。

* * *

護士小姐開始為琦君調理午膳時，唐基先生帶我到樓下餐廳吃預定的午飯。飯間談及琦君初來潤福大廈時還能用助行器來餐廳吃飯，後來以輪椅代步後，便由護士小姐照料日常飲食了。平時的主要消遣是去大廈所設的才藝室，琦君喜歡唱京戲，每週由唐基先生推輪椅去才藝室，駐室的琴師為她伴奏，唱她喜歡的戲目。

說起唱戲的事，讓我想起一九九五年琦君來華府華文作家協會演講的往事。那時作協會成立不久，會長是張天心先生。我們商議請住在新澤西州的琦君來華府作一次公開演講會。那是我們第二次見面。女作協開會之後我們之間並沒有來往，只在世界副刊上互讀彼此的文章，也許，心儀之餘也互增認識。

演講會之後，張先生在他居家的小鎮餐館設晚宴歡談。餐後又請大家去他家中小坐喝茶添餘興。張先生愛好拉胡琴，和華府京戲票友界來往甚勤。那晚他拿出胡琴請琦君即興唱段京戲，琦君說了一個戲名後便順著琴音唱起來。唱完了，又說了一個戲名，再唱。那以後，我知道唱京戲是琦君眾多才藝之一。也就在她華府演講之後，我們開始不時互通電話，漸漸彼此熟悉了，也透由言談心聲成為真正的朋友。

*　　*　　*

午飯返回居室時，琦君已在護士小姐照料下入寢午眠。我下樓回到自已的客室。原來，客室也是供退休人居家的住室，一切居家設備俱全，無人居住時，就暫租為探親友的人歇腳。我踏入室內，也像走到人生未來的另一個階段。室內靜寂無聲，形單影隻中想到「白頭偕老」這句話。在捷運站候車來淡水時，曾見兩位白髮夫婦，先生牽拉著太太趕到候車處。那幅人生圖景讓我十分感動。兩人從緣遇，相惜，到白頭牽依的漫長同行路上，風雨陰晴，何曾容易！白髮琦君有伴相扶助，我為她祝福。

我向大窗走去，立窗而眺。客室處於大廈十一樓，淡水河在不遠處流過。空水晴煙，逝水帶走了多少世代？淡水，從一個部落漁村，發展到當今有博物館，有大學園區，有高樓巨廈的城鎮，而舊時尋常百姓生活經營的小街市，已成為現代人懷舊觀遊的景點。

我心中想著，明天琦君午眠時間，也許我可以趁這段時刻帶唐基先生去看看淡水老街，散散心。他曾告我自遷入潤福大廈後，他為琦君出版事和接待訪問，以及照顧琦君日常事，一直很忙。去走一趟歷史性的老街，也許更添一份定居之感。

第二天我將心想的計劃告唐基先生，他欣然同意。

那天琦君起身較晚。護士小姐替她穿著停當後稍進早餐，將她扶坐沙發上後，便去善後。我們坐在客廳裡隨意聊天，也談及他們的獨子想去大陸發展事業，大陸台灣間往反較近，目前他們一家遠處紐約，來一趟台灣真不容易。

*　　　*　　　*

時間過得快，護士小姐又來開始調理午膳了。琦君開始午飯時，我告她，我請唐基先生外出吃午飯，她午眠未醒前將會

▲與琦君、李唐基先生合照於新澤西州居邸。

回到。她笑說：下次輪到唐基睡覺，我們出去吃飯！她的幽默感中隱約一抹憾悵。

*　　*　　*

從潤福大廈叫車來到老街，我選了老街上最顯目的紅樓餐館。在二樓西餐廳我們點了簡餐。候餐時，我們一面眺望外面的河景，一面聊天。

話題轉到琦君寫作和出版事。唐基先生說他都曾參與，他自喻是琦君背後的文學推手。琦君的第一本書《琴心》就是他參與出版和發行的，而且不辭辛勞騎自行車向各書局推銷。這本書得到佳評後，很快的印行了第二版，琦君的寫作就此走上坦途，出版更是順利。而且，在琦君的寫作上他多少少也有著參與。琦君每寫成一篇文章或小說，他是第一個讀者，站在讀者的地位上來作欣賞和評點，他的意見也多半被採納。琦君對文字力求平易近人，不刻意雕琢的原則，可說是對她這第一位讀者的「從善」。

*　　*　　*

午餐回來，護士小姐尚未準時來照料琦君起床，我們等琦君午眠醒來後，合力照料琦君安坐輪椅上。大家來到客廳，等待護士小姐來調理午後小食。一向率真的琦君說她餓了，還說：「我餓了呀，你們怎麼不給我東西吃呢？」

唐基先生立刻去到小廚邊煮熱從冰箱中取出的海鮮，我陪琦君坐在小桌邊等待，我們並沒有交談什麼。不言中，我心中覺得沉重。琦君在寫作中經常回憶她的孩提生活種種，候食時的琦君，像回到孩提世界，又像進入禪師所言「睏來眠，饑來食」的純淨禪境。

唐基先生遞上熱過的海鮮及半碗醋。我直覺地用湯匙將醋和著海鮮喂她。她很自然而快樂地吃著，並讚言：好吃！我不停遞食，彷彿我已處於當年琦君母親的地位上，希望她多吃些，並因此壯健些。她吃完之後，我放下湯匙，眼中含淚。

當年在美國時電話中長談的琦君已不在了。我們各自立於時光流溝的兩岸，默默祝望。

* * *

晚上在淡水鎮上餐館吃完晚飯後，我和琦君及唐基先生一同回到他們十七樓寓邸。我和琦君並坐在沙發上，唐基先生則獨坐在另一邊的沙發。我心中想著有什麼琦君喜歡做的事來激起她的興采。我記起她唱京戲的事。就鼓勵她唱一段京戲。她果然就唱起京戲來。但聲音已不像當年在張天心家中唱的那般昂亮。唱完後她說她還會唱紹興戲呢。她開始唱梁山伯與祝英台送別的那一段，也許，她在對我送別，明天我就將離淡水返回台北，並將不久飛返西雅圖了。

戲唱完了，琦君看來興致未央，我又想起琦君《寄小讀者》一書中有她自已畫的插圖，就建議她畫些她喜歡的人物。我遞過紙筆後她真的畫了兩個人物。一個是戴著鴨舌帽的男人，邊上一個站著的女人指著男人大罵的樣子，她在男人邊上寫上一個名字：羅平章；又在女人邊上寫上另一個名字：程明琤。她那孩子般的淘氣和幽默感表現得很盡致。然後她又在上面寫著：太不像了！

夜，就消磨在琦君戲曲和畫畫的才藝表演中。

下樓途中心裡仍迴響著琦君的戲音，想著她在演唱時低眉閉目的表情，讓我忽然解悟，她是在藉演唱來消滅離別的感傷。否則，我們又怎樣話別呢？

琦君在大學時代演過話劇《雷雨》的女主角。當年，師友們都驚讚她的演技。她曾經和我談及此事，她認為也不是只關演技。她將她曲折艱難成長的經歷，藉劇中人的角色，將痛苦的人生感盡情表達抒發出來。如今，她的人生感悟又何止是傷別呢？思及此，我含淚遲步，走向自已的空房。

早上起床後，我將衣物放回手拉小行李箱中，稍將房內清理整頓，隨便吃了一點東西，便上到十七樓，準備向琦君和唐基先生道別。進入房內時見兩位護士小姐已服伺琦君安坐於沙發，琦君低著頭，默默無言。我走向她身邊，想說幾句臨別的應酬話，又吞下沒說。只俯身親吻她前額，她沒有反應，我開始離去，不忍回首。

就那樣，我永別琦君。

*　　　*　　　*

回返西雅圖家中，我一直思緒恍惚。看到琦君贈送的小對象：廚房裡她手織的毛線熱墊，書架上她送我們遷居的小貓雙面繡，貼著她手剪的雙喜紅字，我不免又回想著和她相聚時的情景，還有，一雙讓我暖腳的絨線襪。她在附箋上寫著：「明琤如握：想念妳，卻沒有機會見面暢敘。寄上這雙毛套襪，是我用一雙顫抖的手織的，表示一點心意……」她在信末還提及我「西居散記」專欄中一篇短文〈月落〉，寫著：「〈月落〉大文已拜讀，已剪下沒寄上，因我還要再細讀……妳的文章是要再三細讀的，像喝茗茶，不是喝咖啡……」她在信尾簽署的日期是十一月二十五日，但沒寫上年份。

〈月落〉是二〇〇三年十一月二十一日刊登的，那時琦君還住在新州。而我們遷居西雅圖已進入第二年。我那時忙著撰寫專欄談山居生活點滴。我讀琦君的信，感動之餘，那雙絨襪我一直不忍穿用，放在書桌邊上，每次見到時總不免傷感。

*　　*　　*

雨季也在這個時候開始了。一直要到次年六月才結束。我們遷此雖已近四年，我卻愈來愈難適應。天氣寒濕陰暗，就在這樣的情境中，我逐漸感到疲怠憂傷和焦鬱。然後，翻天覆地，終於病了。

一病經年又到來年，琦君逝世也過了周年。

五月，二〇〇七年，西雅圖春未暖，而繁花卻已開遍。未病前，我會去到花市尋購花木，在屋前坡地挖土種植。也像是春來迎春的儀典。病後，買花種花的愉稅勁采沒有了，心中瞭解這是病情未癒。

就在這樣的季節，忽有來自台灣華梵大學東方思想研究所的電話，邀請我參加十月召開的人文思想研討會。並希望我作專題演講，我決定應邀參與。我想用這個機會來推動考驗並治療自己，而且，我也趁這個機會再去到淡水的琦君居所，回憶，憑弔。

華梵會議演講結束後，我又乘坐開往淡水的列車。到達後即乘計程車往潤福大廈，已連絡在先的唐基先生下樓迎我。來到十七樓，入門時眼前一亮，曾經重垂的簾幕拉開了，房間顯得寬大。房中的佈置仍一樣，而曾經坐在沙發一端候我到訪的琦君不在了。我坐上沙發的另一端，靠近大窗和唐基先生閒話別後。但我們都刻意避免了琦君逝世的話題。窗外，雲天高闊。

時間已近中午，唐基先生客氣地要請我在外面吃午飯，我不便推辭。我們起身向門外走去。

踏出門外前，我回首，窗外，雲天浩渺中，彷彿琦君站在那裡向我微笑，不病，也不老。

琦君在世享年九十，程明琤完稿於二〇〇九年春天

第二部
心影湖山

▲二〇〇二年十一月，我們退休遷居西雅圖，居屋座落於半山腰，近看華盛頓大湖，遠望奧林匹克山巒。

雅閣

早年東返香港探親時，父親贈我一幅大型草書，原是香港老書法家曾克耑送給父親的珍作。我攜帶返美後，裝框掛在客廳，成為整個廳室中最為訪客注目的焦點。尤其中國朋友來時，總不免要我辨讀草筆勾勒中的詩句，我將那幅草書一再誦讀解釋，卻不曾體悟過什麼特殊的意義。

去年十一月遷家於西雅圖，因為房子的形制格局迥異，家中的一切掛飾都必須重新安排挑選。但那張橫幅草書，仍掛在客廳牆上，只草書下方不再是沙發枱燈，改置了紅木長台，台面兩隻古瓶，一曲枯條，看來素樸恬靜。

重新安家，一再拆封開箱，常覺翻天覆地，心情總是煩亂不安。只有在設想定奪掛飾時，才有一種從事創作般的專注，在這樣的過程中，興起一點感觸。這座造型十分現代的居屋，特別適宜懸掛像中國書法那樣黑白分明、線條疏簡的作品。古典現代，東方西方，有沒有界別，全在於調諧。

一個午後，忙裡偷閒，站在客廳落地窗前閒眺。窗外，湖光瀲灩，遠山迆邐。白鷗或成單、或比翼，時忽翦翦掠眼。久久神馳後，一轉身，牆上那幅橫草迎目照面，不覺移步上前，站在長台邊逐字默讀起來：

癡兒了卻公家事，
快閣東西倚晚晴，
落木千山天遠大，
澄江一道月分明，
朱弦已為佳人絕，
青眼終因美酒橫，
萬裡歸船弄長笛，
此心吾與白鷗盟。

這是宋代詩人黃山谷（庭堅）的《登快閣》。

讀此詩時，心中忽生驚詑。快閣（在江西吉安）登臨的空闊水天，豈非我立窗時所見？而山谷詩境所涵，又差可比擬我們的人生階段。這幅草書，要累積數十年的光陰，才向我洩漏它的祕密。

選擇這棟樓屋作為西居之所，便是因為樓外景觀，建此屋的原主是一個建築家。當年購此美景區（Bellevue）山間的一方坡地，可以想像，他來到建地構思設計時，立坡而望，滿目湖山，設計藍圖就成竹於心了。如何將那片景觀納入生活日常的理念，便形成這座樓屋當前的具體形貌。而且，那個審美至上的建築家，還要吩咐那片湖山，在他還沒進入屋內之前，就守候相迎。於是形成了設計中的通透空靈：玻璃大門，對玻璃大窗，玻璃大窗，框住一幅山水畫。

愈讀草書詩句，愈感所居樓屋有一種「閣」的意味。句中「了卻公家事」，又隱約寫照出丈夫退休我退教的自在境地。俗務酬酢不必掛心了，但三兩友好仍可言歡對酌。居所既郊處西雅圖，若效快閣之名，偷借那個「雅」字，便成「雅閣」了。

鬱金香的節日

四月，西雅圖一帶細雨霏霏。

雨，本就是西雅圖天氣的特色。而且，多半是不大不小的霏霏雨。

久居西雅圖的朋友，曾經在我們遷此之前就說過：這裡下雨不用打傘的。的確，那種雨落在身上，好像不關痛癢。打傘，反而覺得麻煩。

不過，老是那麼霏霏地下著，加上灰沉沉的雲空，路上的行人，看上去確有點「欲斷魂」的樣子。偶而雨霽天晴，就聽到有人說：我們看花去！

▲鬱金香節日中襯著青山雲天作背景的花田。

花，是指鬱金香。西雅圖的四月，有遠近聞名的鬱金香節。

在美國，鬱金香並不是什麼稀奇的花。我們在維州舊宅的前院就種了不少。記得杜鵑花開之前，鬱金香便一朵一朵各自獨撐春寒，亮出花盞，燃暖了春光。西雅圖一帶，也常見人家屋前種植了這種花，但鬱金香花節又是一番怎樣的景象？小姑筑玲說帶我去看。

花節展現的地點，是西雅圖近郊的絲各吉（Skagit）谷地，谷地依山面海，溫度低、濕度大加上土沃地闊，適於大量種植品質優良的鬱金香。花開時節，整個廣大谷面，一眼望去，五色繽紛，璨然生輝，即使沒有太陽，也同樣光豔照眼。

大約一小時車程就來到谷地，開車的人只要尋看「鬱金香路線」標牌前行，很容易便來到花場。在那裡，天高氣清，山遠雲譎。好像整個冬季以來的霏霏雨，就為滋養潤澤這裡大片大片的花田。而春天，也好像以她全部的愛寵，都付於這裡的花色與花容。平時冷清甯靜的山谷地帶，便因豔采而繁華熱鬧起來。那兒的小鎮，也因為觀光客而成為觀光城。吃一個漢堡也得排長龍等待。在花節中，你必須平分興采和能耐。

五色令人目盲，中國的老子這麼說。不過，來到花田，眼睛要睜得更大，視界要放得更遠。這裡的花是機器種的，密密集集，直直長長的畛徑，花色像從遠山雲霧中射出的彩燄，直射到看花人的眼前。

仔細看眼前的花朵，有的形狀圓盈，欲開還閉。有的一莖支起杯盞如舉斟甘露瓊漿。還有的，是天工捏成花邊的奇盅。讓人怎麼也想不通造化的神術。有的隱含芳香。有的只呈現色相。有的頂著「女王」的榮銜，有的芳名是「阿拉伯皇后」。簡直看得人意亂情迷，眼花繚亂。

花徑間，邊走邊看邊想，一恍忽，直疑走進色彩盤。佛教故事裡，佛陀降生，一步一蓮花。我們平常人，卻是步步鬱金香。走久了花色侵衣，一身斑斕。

聽說，花節一過，依舊鮮麗的花朵，全部都會被機器剪除，留下花種根球，繼續在土壤中壯大成熟。然後，便成為所謂的「經濟作物」。耘出後包裝上標銷售，等待愛花的人去購買。到了秋季，將種球埋入土中。明年，又將有無數各色花盞，點燃另一度春光。

▲作者和外孫女文川於鬱金香花田中合照。2009年5月

觀戰

第一次波灣戰爭時，曾撰〈戰爭的另一面〉（收入《心湖款款風》一書，香港天地圖書出版，見附文）。行文譴戰之餘，悲矜無辜之殃，也慨歎權力競爭下的世事混茫。

曾幾何時，第二次波灣戰爭又起！

第一次灣戰中，老布希總統尚能舉起「正義」大旗，要為科威特出兵誓師，世界列強都並肩加盟，也分擔了戰爭的龐大耗資。那時候，沒有人公然將戰事和油源相連評責，反戰遊行雖曾發起，但終難為繼。

到了小布希的第二次波灣戰爭時，情況大不相同。

首先，代替「正義」大旗的，是全世界高舉的反戰大旗。各國持續大遊行中，甚致出現了「布希是戰爭罪人」的標牌。戰爭和油源底因也公然揭示：「不要將鮮血換油源！」此外，還有中東戰略政策上的指陳。

美國本土上，更號招出越戰後最大規模的示威行動。反戰者，從負眾望的主教、諾貝爾獎得主，影劇界名人，到社會大眾及校園學子，齊齊共同訴求和平。西雅圖地區更有法律界專業團體，據法言法，指證戰爭的不合法。

然後，列強之中除了英國加盟參戰外，都挺身反戰，譴責戰爭違反國際公法，不經安理會通過程式，無異置聯合國尊嚴於塗地。至於戰爭軍費負擔，對不起，你老大哥自個兒去扛！

不過，小布希和他的幕僚人士，硬是持強勢黷武之姿，認定伊拉克的海珊大王和九一一事件有關，且還秘密擁藏大規模殺戮武器，為了世界的安全，務必除此罪魁禍首。去你的國際法！管他的反戰！

於是，二次波灣戰爭開打！

數以千計的火箭，數以萬噸的炸彈，落在美索布達米亞古文明所源的土地上，雷轟電殛，不遺餘力，的確做到了shock and awe。觀戰者也許大都能預測，區區小國伊拉克，既經歷第一次波灣戰爭的慘敗，又遭受十多年的經濟制裁，國困民窮，哪能不敗？不過，無法預測的是，雷轟電殛下，究竟會有多少無辜死亡、喪親、毀家？又多少財物、建設、文化遺產都毀於一旦？

戰火荼毒狂燎之際，寫第一次灣戰回憶錄Jarhead的西雅圖作家斯沃弗（A. Swofford），有感而嘆：「電視鏡頭顯示的幾全是軍威武力，但戰爭不是有關科技，而是有關人類血肉生命……」鏡頭上小小電光一閃，現實裡多少血肉模糊之慘！

一個為陣亡戰士安魂，為沮喪士兵鼓舞的隨軍牧師，雖然慣見死亡，卻不堪目睹血肉模糊之慘的心理負荷，不告離職而去，讓整個軍營錯愕震驚。而這個出走後的神職人士，是否還能回歸生活日常呢？

復活節那個週末，我坐在購物中心大樓一角，靜觀人群往返，人群裡，有推著幼兒車的年輕父母，有搭肩摟腰的青少情侶，也有攜手言笑的白髮垂髫……我想像家破人亡後戰墟上活過來的百姓，這樣一種尋常生活景象，對於他們，何異反映天堂？能夠平凡度日，是多麼不平凡！在宗教故事裡，受難後，是復活的昇華。在人世生存中，戰爭的災難，是永難解脫的不平和創傷。

附文　戰爭的另一面

當匈牙利一百五十英里的邊界「鐵幕」被節節拆除，當東西德之間的「柏林牆」被公開推倒，當東歐共產主義政權像骨牌樣逐一推翻，四十多年的東西冷戰，就意味著結束了。全世界的人都為世界永久和平將臨而鼓舞時，卻有杞憂的專家唱著反調：我們將很快會懷念冷戰。一九九〇年八月份Atlantic月刊就以此「反調」為封面標題，分析了冷戰後的可能世界局勢。雜誌剛問市，就傳來伊拉克攻佔庫威的波斯灣危機。

美蘇兩個超級強權的競武抗衡中，儘管潛伏的張力龐大，卻維持了四十多年的世界無大戰的相對和平局面。在這個局面下，西德和日本逐漸由二次世界大戰後的重建復興，登上了經濟大國的傲岸地位。兩強對峙外的第三世界，也因戰略重要性而分壘牽制。冷戰一過，民族間舊恨開始復燃，如蘇聯東歐等地區族裔間的鬥爭。然後，殖民地時代帝國主義割地劃界的遺患也開始凸顯。如一九二二年英國為本身油源利害，強行將波斯灣海岸線盡劃歸其保護下的庫威，剝奪了伊拉克的海岸出口，伏下了波斯灣戰爭危機。

於是，冷戰方盡，熱戰又興，波斯灣戰爭爆發了！

儘管主戰兩方都各舉正義大旗，骨子裡卻是為的自身權益。海珊為了阿拉伯世界的領導權，以及海岸出口的運輸經濟利益，將攻佔庫威的行為和以色列掠奪「西岸」等同起來，說是要為了「西岸」的巴勒斯坦人主持正義；布希為了能源和大選問題，以及冷戰後的世界領導地位，將海珊喻為希特勒，要為國際秩序和正義來號召聯盟，且不惜一戰。最後，「正義」大旗也不夠招搖了。「海珊大王」和「布希總帥」雙方都忽然歸諸於宗教的絕對信念。一個說：這是回教聖戰，「阿拉」必與我同在。一個說：這是道德善戰，「上帝」必站在我方，同胞們，祈禱吧（於是設計了祈禱日。！）

儘管雙方都舉旗「正義」，而「正義」，也一樣，是必須要分高下勝負的。連梵蒂岡寶座上的教皇（Pope），也公開反對「和平主義」（Pacifism），主張「正義的和平」（Just Peace）。這個「正義的和平」，就得靠強勢武力來為它掛勳。

布希開火了，戰爭爆發！

高科技武力下的戰火，儘管摧殘得恐怖無情，而透過電訊媒網，濾去了血漬呼號，淨減了人心中對戰爭的悲憫、感憤和憂惶。聯軍空襲轟炸，夜以繼日。白日裡，機次如候鳥翻飛接翼，投彈如寒空雹雨。黑夜裡，火箭如流星，炮火像焰景。廝殺苦難的戰事，竟彷彿典慶。

典慶？對了，轟炸荼火進行中，美國的足球冠軍賽也正行儀開場。螢光幕上，一會兒是球賽中的歡呼，一會兒是戰訊上的播報。於是，球場如戰場，戰場亦球場。反戰的呼聲消沉了，美國人，舉國上下，都鼓舞於「沙漠風暴」的轟擊軍威，成了為戰果吶喊的啦啦隊。

終於，四十多天的雷厲電殛，「沙漠風暴」過去了，波斯灣戰事熄。布希的「正義」掛了勳，海珊的「正義」麼？被斬去了雙腿，匍伏於地。於是，一個成了屹立的偉人英雄，一個成了折腰的禍首罪魁。而在兩者身後展現的，是戰爭的另一面。

巴勒斯坦人寄繫於海珊「正義」大旗上的希望，隨著戰火雲消煙散。而生存，依然要在鬥爭中掙扎。

庫威百姓的舊時家園，剩下碎瓦殘垣。荒郊萬人塚畔，心香血淚，也喚不回孤魂。遠處，油田的烈火冒著濃煙，薰黑了白日藍天。「海珊是我腳下的鞋子」（阿拉伯文化中最下下的污辱）一個庫威婦人極力叫喊，她心中的仇恨恐怕比油煙更濃黑。

巴比倫古文明留下的廢墟（伊拉克南境即巴比倫古都遺址），加添了現代戰火的慘烈瘡痍。伊軍撤退的公路上，千萬生命、車輛，倏時全凍凝於死亡。聯軍空戰隊員驕言戰果；「伊軍像蹲著的鴨子，桶裡的魚⋯⋯」人權、性命，在「敵」、「我」一念中，就被抽空了價值和尊嚴，成為魚鴨般渺小卑賤。而殘骸縱橫間，一件在漠漠風沙中飄動的小舞衣（伊軍所擄物），仍依稀跳動著一個慈父想念女兒的似箭歸心。

記否？記否？螢光幕上戰火燒成的無數畫面？灼在人心上的，總是有關生命，有關情。

——大漠煙塵裡，落照紅如血，剪影出風裡細讀家書的美軍健兒。家書一紙輕，親情心情卻無比重，風暴也吹不起。

——戰爭毀滅的威力下，晴藍天底，仍有駱駝閒步，飛鳥振翼。而原油污毀的海邊，垢油裹羽的水禽，奮力試飛，終於跌落海岸。人的野心意志，將生靈塗炭，讓天地失仁失序。

——聯軍空襲的白天間歇時刻，巴格達民居的一個胖女孩，趁機蹦跳玩耍。被記者抓著問感想，她喘著氣停下來，用手握拳側敲著腦袋：「砰！砰！砰！我每晚都睡不好！」忽然，她的笑容消失了，嚴肅地問：「你們為甚麼要炸我們？」有誰能回答她的問題？一切可解釋的原因，全不過是成人間殘酷自私的權利遊戲！

——巴格達難民收容所被炸，一枚「狡猾的炸彈」（Smart Bomb），五百個無辜的亡魂！當屍體一具具由鋼骨水泥裂隙中抽出，鏡頭閃過一個受傷小女孩的臉，仍恍惚攀援在美夢的邊緣，清澈明亮的眼神，何曾帶半點怨恨？如果末日的世界也能有轉機一線，全在這一抹真純！這一抹無怨！

記得！記得！戰爭的苦難無從淹埋忘卻！也只有經歷過戰爭的人，看得清戰爭的另一面：

當年，希特勒將全世界捲入戰火，德國的得勒士丹（Dresden）城，遭受聯軍數晝夜的全力轟炸。一個五歲的孩子，牽著母親的手躲入防空地窖。從地窖出來時，一個從中古以來就屹立繁榮的文化古城，早夷為廢墟，一去永去。四十多年後，這個五歲的孩子成為得勒士丹的市長，依舊為古城的失去而痛心。巴格達所經歷的轟炸，彷彿當年自己身受的情景。他斬釘截鐵地下著結論：「沒有戰爭是正義的！」（No War is just！），可是，戰爭繼續著，「正義」的旗幟也一再舉起。人類在歷史的軌撤中邁進了幾千年，老也跨不出周而復始的殘暴和愚昧。為什麼？為什麼？

一個中國古代先哲——莊子，早看出這個死結，他說：眼前的手指看起來總是比遠峯要高。人人都可舉起眼前的手指，而手指和遠峯間孰高的真理，誰去量度？人人、族族、國國，都可持舉本身的「正義」大旗，人類整體必須共享的福祉大義，誰去思尋？而「正義」和「正義」之間，意志上的角力，總會引申為戰場上的武力，「和平」就只有匿跡隱形。而人類，繼續走著沒有「和平」的歷史道路。

一九九一年三月三十日，原刊《世界日報》

移花

總以為維州老屋是今生落根的地方了。在那裡，女兒上學、成長、離家……而我們，也在那裡渡過此生最長也最安穩的一段歲月。後院的幼林，蔚然已成喬蔭。前院的杜鵑，年年嫣姹。還有秋天的紅葉，冬天的白雪……

所有那些實物實景，在丈夫一個搬家的念頭下，全都散為雲煙。

決定搬家後，首先要做的事，就是清理定奪可拋棄或捐贈的東西。其餘便交由搬運公司來打點包裝，儘管距實際搬離維州還有大段時間，但在不斷整頓、取捨的過程中，感覺原來安穩平靜的家，已成為寄身的暫時所在。心情一再猶豫不安，簡直惶惶不可終日了。

於是，我堅持飯廳客廳中的一切，完全保持原樣不動，直到最後包裝搬運的時刻。好像這兩處原來生活場地的「不動」，便可以成為一種心理港岸，將浮沉不定的心舟錨碇起來。本來，兩廳中的書畫、燈飾、盆栽、木雕……長久以來，目濡心觸，早已形成它們物質面相之外的精神牽力。物質，有時不免是一種負累。但有時，也是一種成全。

屋裡屋外的許多盆栽花木，是計劃中理應割捨的東西，而在心情上卻是最不願離棄的愛物。無奈中，我選擇性地將它們一一「托孤」，送給愛好花木的朋友，目送它們被載負而去時，常不免惘然惆悵，這些花木已如同我的心靈兒女，長年累月地愛護、培養、澆灌、期盼……花木若有情，當也懂得神傷。

花木中有兩株，直到遷出舊屋的前夕，也不肯捨離。一株是桂花，另一株是石榴。

桂花樹已伴我們二十多年了，由來時的幼枝，成長為觸頂的茂樹。年年入秋後，桂香盈屋。有時黃昏獨坐廳室，隱約的柔馥，引我聯想深夜不寐閒聽桂花落的古代詩人，也連帶感想：世紀以來，蕪蔓混纏的文化氣象下，桂花仍舊幽幽繫起一線長流的中國情懷。

至於石榴，那是朋友的餽贈，來時僅數寸嫩苗。年年茁壯，已高齊人身。許多年來，只有枝葉繁薈。卻在去年夏至，忽然綻花滿樹，榴紅照眼。入秋後，更有纍纍果實垂枝。石榴是少數可以入畫的佳卉奇果，也許就因為它引喚起畫人心靈深處的生生願想（民間以榴實象徵子孫延綿）。那些玲瓏枝頭的果實，像彩槌，叩深了秋颯，也叩深了我心中的不捨。

不管怎樣，一定要把這兩株花木運走！

可怎麼運？搬家公司拒絕運，說是車箱關閉後，是密不透風的真空。普通的UPS也不運，說是包裝太難。我焦急地四處打聽，忽然記起一則電視廣告，說他們公司什麼都包運，即使老媽媽新烤的酥脆甜餅，也能一屑不損地送到愛子的手中。

就是那家叫Maibox Etc。的公司，將那兩株花木送到西雅圖新屋。萬里移花，也像是搬來了維州舊屋老家中一小段熟悉的韶光。

第三個娜拉

第一次看到舞台劇《娜拉》是在二十世紀的七十年代。那個時候，女權運動在美國正值鼎盛期。整個劇情便放在女性主義的框架中來作詮釋。演出場地是華府甘迺迪中心的大劇院，可知盛況空前。飾演娜拉的是英國名演員葛萊亞布龍（Claire Bloom），造型十分嬌甜俏麗。還記得一開場，砰的一聲，她從舞台佈景中客廳正門走了出來。雙手捧著大大小小的衣飾、玩具盒子，一件一件如數家珍般展示給丈夫托伐德看。她那孩子般雀躍的節慶歡欣，正如托伐德所稱呼的「小松鼠」、「小雲雀」。劇情進展轉折，那扇門又在娜拉最後的抉擇中砰然關上。那時的娜拉，是女性主義的代言人，在她身後關上的那扇門，便象徵了她毅然斬斷的家庭結和婚姻鏈。而那時的觀眾，在時代社會的思潮中，隨波逐流，何嘗有思考質疑的餘地？門外，想當然就是娜拉自我覺醒解放後的自由世界。

第二次見娜拉是在九十年代。演出場地是華府阿瑞娜現代劇院（Arena Stage）。沒有幕起幕落，沒有門也沒有窗。舞台是在觀眾梯形席位的環繞下。劇情的進展則是放在人性的深層意義和人際的錯綜關係上。娜拉的最後離走，與其說是一種覺

醒和解放，不如說是因為愛的幻滅而將命運作孤注一擲。（見附文：另一個娜拉）

第三次見娜拉，已是二十一世紀了。

西雅圖英提曼劇院上演的《娜拉》，是電影界著名導演英格瑪柏克曼（Ingma Bergman）所改編的劇作。他將原劇中不重要的角色及情節刪除了。主要人物一共五個，娜拉是中心角色。

柏克曼改編劇中，佈景特色在於窗，三場幕起幕落間，那方大窗，無論代表客廳、飯聽或臥室，都佔於舞台中心地位。除了窗，觀眾所見舞台是另一特色。台分上下兩層，一是角色上演的場所，二是上演前的演員席位。只有娜拉自始至終都在台上。

門，是可以往返出入的，過程中進行著人世的生活。而窗，可以透視反映，卻隔絕著內外。柏克曼編劇中出走的娜拉，是因為她在窗內製造的謊言世界被揭露拆穿了。她的人生分為二，一是她屬於過去的扮演，另是她屬於未來可能的蛻變。

究竟，娜拉製造了什麼謊言呢？那就是劇情中的張力所在。她冒名死後三天的父親簽署借貸〔當時女人沒有簽署權〕。然後謊稱那筆款項是她父親的遺贈，讓托伐德欣然帶著妻子兒女到義大利南部養病休閒一年。娜拉認為丈夫的康復是因為她的決策，並向兒時舊友宣稱：是她，救了丈夫一命。

在柏克曼的編劇中，托伐德是一個努力供養家庭、對妻子欣賞愛護，對自己保持絕不負債的獨立和尊嚴的人。當他知道娜拉曾經觸法、欠債、並對他說謊隱瞞時，他的怒火也不是太過，何況他的事業也有可能毀於一旦。當他怒罵娜拉不配成為妻子和母親後，一場家庭危機又因人際轉折而成為過去。托伐德消怒後對娜拉說：「我原諒妳。」娜拉回答：「謝謝你的原諒。」原諒無法取消已成的事實。法律、債務、謊瞞仍在。娜拉出走也是必然。

在最後一場戲幕起之際，柏克曼的典型手法出現了。娜拉的女兒抱著玩偶，在窗外的雪花中靜靜走過。也許象徵了娜拉自己。一個人的成長是必須經歷掙扎苦難的。

娜拉離去時，窗外，是十二月節慶後的風霜雨雪。

附文　另一個娜拉
——九十年代看《玩偶家庭》

春雨春寒七十年代的迴響

冒四月的春雨春寒，去看易卜生（Henrik Ibsen）名劇《玩偶家庭》（A Doll House），於是，又見娜拉——另一個娜拉。

我扶著方向盤，看著雨刷在車窗前左右搖晃，雨，已整整下了兩天了。

這個春天，是那樣多變。年光流入春季以前，曾一度反常地溫暖。玉蘭花、迎春花；等不及待地吐蕾開放。然後，日歷宣告春天了，卻又白茫茫一場雪，撒盡了冬天的餘寒、氣溫急速下降，早已開放的春花，就一夜間枯萎夭折了。花蕊花瓣，像招魂旗一樣，片片綹綹，懨懨垂掛枝頭。不過，春天的腳步依然懾慴前行，新枝綻芽了，星星嫩葉，擎出了春榮春訊。忽然，又冷雨飄灑，四月的仲春，在風雨料峭裡，顯得淒楚蒼涼。

停好車，走進劇院對面一家河堤餐館，約好朋友看戲前在此吃晚飯的。時間還早，就在靠窗的座位邊等候。支頤側首外望，堤邊的船隻，靜靜地在雨中停列著。船塢外的河面上，向晚的風雨，織起一片氤氳空濛，泯沒了對面的涯岸。若是晴天，這個時候，河景是很美的。西天的晚霞映耀水上，一條凝眸，就覺得落進空水相融的「調色盤」中了。心情即使寂寞慘澹，也不能不往心中揉進一把夕輝的燦爛。

妲香庫希娜，我的印度朋友，終於姍姍來遲。她的絲綢「紗麗」在步態匆急中揚起，在我心中掀起一剎古印度的湮遠綺麗。她坐下後；我們開始點菜進餐。餐飲中，妲香問我可知道「玩偶家庭」的故事。我說，當然知道，我在七十年代就曾看過這齣名劇的演出。她奇怪我為何再看。我說，這是九十年代了，許多事物，在時光流轉中，又出現了新的角度。誰說，我不能從同樣的劇情裡，見出新的意義。

七十年代的美國社會，女權運動高漲。這期間，挪威劇作家易卜生的《玩偶家庭》，就被女權運動者標榜為爭取女權的最早里程碑。而劇中主角娜拉（Nora），也曾被視為「新女性」自覺型像典範。這齣戲曾兩度長期演出，都是由著名女演員擔綱；一是英國的葛萊亞布龍（Claire Bloon），另是挪威的麗芙烏曼（Liv Ulman）。除了舞台劇的演出外，還曾拍成電影和電視，也都是由紅星主演。擔任電影主角的，便是曾參與反越戰的「新女性」影星珍芳達。

當年，我看到的，是由格萊亞布龍在華府甘迺迪中心演出的那場。那時的娜拉，是放在女性主義中來詮釋的，而觀眾，也同樣在女性主義的流波中載浮載沉，幾乎是不允許任何其他意義涉入其中。劇中男主角托伐特（Torvald），也被認定是個

「大男人主義」者，或者，所謂「沙文主義」的男性，一再受到「嗤」聲。當娜拉在最後一幕中，走出了那扇舞台上的「家門」時，她就掙脫了婚姻家庭的束縛世界，走向了自我解放和自由。觀眾離座後，也就沒有餘地來作不同的思索。

不過，那個時候，雖然我沒有想娜拉離家獨自走後又會怎樣？我也並沒有去認同娜拉。

《玩偶家庭》中的娜拉，是個十九世紀末期（此劇上演時間是一八七九年）。北歐中產階級的家庭婦女，現實生活中，享有照顧孩子的保母、侍候三餐的傭僕。而在社會地位上，沒有受過高等教育，也沒有獨立謀生的專業技能。當時社會上對美滿婚姻的典型概念是：丈夫有成功的事業和地位，有財產控制和生活籌劃的權力。而妻子，則是具備著年輕美麗的外型、取悅撒嬌的魅力，已及良好的酬酢應對素養。托伐特和娜拉，正是這樣一種典型概念中的夫妻。

我呢？婚後兩年還獨自遠行負笈。後來，又同時挑起家庭和事業的擔子，還時而應酬周旋於社交場合。那時候，簡直就是「三頭六臂」。舞台上的娜拉，背夫、棄子、離家，反而顯得任性，成了不負責任的「小兒科」。不過，心煩、意懶、情迷時，也不免想起娜拉，想起她一走了之的勇氣和決絕。可是，決絕了又怎樣？人，無法決絕情愫，無法脫離生活。多的是苦楚和擔負。人生道路，時有困頓艱險，時多彎轉曲折。生命，何嘗有真正的答案？有的，只是不斷的尋覓和證悟。

於是，七十年代過去了，八十年代也已過去。我，尋尋覓覓，踏入了九十年代。一回首，又見娜拉

另一齣《玩偶家庭》

從餐館走出來，橫街而望，黃昏天際，依舊風風雨雨。我們各自撐著傘，撥開緩緩垂臨的夜幕，跨入了阿琳娜劇院的燈火，進場入座後，就踩進了舞台人生的氛圍中。

阿琳娜現代劇場的舞台，處於四面梯次席位的中央，沒有台幕。觀眾一入席，就面臨了舞台上一切場景，放眼尋思，便已進入戲劇……。

舞台上方懸空吊著大型的彩色玩具景飾——天使啊，松鼠啊，什麼什麼……。舞台中，除了十九世紀歐式中產家庭的客廳傢俱外，這裡、那裡，散放著孩子的小椅子、小木馬、小人、小鼓……。廳邊一角，立著一棵正待裝飾的聖誕樹。那是一種充滿節慶意趣的場景。在這場景中，色彩繽紛，賞心悅目，而又隱約著兒戲情調。這就暗喻出；即將從這場景上展演的人生中；缺乏的是成熟內省的心靈、憂患的生活共識，以及嚴肅的婚姻意義。此外，觀眾席位下方四角，是通往舞台的四面甬道和門檻。儘管，這本是舞台形式的原有設計，但也可藉此窺出，環繞那個看來歡樂舒適安全的小世界外，有四面八方人生的風風雨雨。

燈光亮了，音樂響起，舞台上照出一個十九世紀的「家庭」。戲劇進行中，點點滴滴，抽理剝剔出這個家庭走向崩潰的果果因因——社會、人際、男女、情理、心靈……

故事的基本架構是這樣的：

聖誕節期間，赫爾墨（Helmer）家庭，洋溢著喜氣。托伐特在供職的銀行中得到意外的升遷。這一喜訊；不但提升了赫氏家人的社會經濟地位，也擴張了托伐特舉足輕重的個人權勢和影響。就在這節慶和喜訊的密雲中，醞釀著娜拉將要面臨的風暴。當時的娜拉，是個看來嬌媚幸福的小婦人，她是丈夫心目中的「小松鼠」、「小雲雀」，心肝寶貝般被呵護看管。她也是三個小孩的小母親，會和孩子們玩遊戲捉迷藏。她有保母照顧孩子的起居，有女僕打點日常的瑣細。不過，在這亮麗的光景下，娜拉無法抹去心中的陰影——她是個負債者，是個偽造文書的不法者。

當年，托伐特健康情況逆轉，醫生忠告必須到南歐陽光充裕溫暖的地方休養，否則無法康復。當時的托伐特職卑薪微，無法成行。娜拉愛夫心切，又不願有損丈夫自尊，隱瞞托伐特而私下向銀行同事克羅斯達（Krogstad）借貸，並謊報此款為其父所贈。事實上，娜拉父親病危不治，債契又須由監護人簽署〔當年的挪威，女人沒有法權〕，娜拉不忍增累病危中的老父，在父親過世後三天擅自冒名簽字。

正當娜拉帶著喜慶的心情，憧憬因定期還債的拮据將鬆解時，兒時密友克麗斯汀（Kristine）到來。密友的無子、無夫、無家、以及掙扎謀生的際遇，更牽引出娜拉自認幸福的情愫。克麗絲汀當年因需要照顧寡母幼弟，背叛了至愛她的情人克羅斯達，而嫁給一個她不愛的富商。不料富商破產身亡，落得孑然一身。所以不恥來見娜拉，是因得知托伐特升遷事，要求娜拉說情為她謀一職位。

托伐特應娜拉之請，答應雇用克麗斯汀。但必須開除已成為他屬下的克羅斯達。這權勢使用下的一「僱」一「除」，就成了人際糾纏陰霾中的「雷」與「電」，擊潰了娜拉人生的內外世界。暴露了托伐特性格中的鄙陋虛偽。

另一個娜拉

當娜拉阻勸托伐特開除克羅斯達無效後，早已惶惶無主，瀕臨崩潰地步。然後，克羅斯達獲知撤職後懷恨尋訪，恐嚇娜拉如不求情復職，則將投函告知托伐特一切詳情，並將訴之於法。娜拉此際更如同行於高架鋼索，隨時可以傾亡般憂急恐懼。

當娜拉心已千濤百湍洶湧之際，外在世界卻在節慶的興采中飛揚。她強顏酬應，並施展魅力，向托伐特撒嬌央求，化裝舞會完畢之前，不能從信箱取讀任何信件。她從拖延中來苟喘，然後……。

然後，風暴終於來到。

托伐特取信閱讀之餘，他不再是那個對娜拉心肝寶貝般呵護的丈夫，他更不是娜拉自認可以捨命愛她的男人。也不是可以和她共擔憂苦的伴侶，他甚至不能體諒她借債冒簽的初衷和苦心，又何況幾天瀕臨崩潰的惶恐憂急？他在盛怒中辱罵：說她不配做他的妻子，不配做他孩子的母親，不懂是非，沒有道德……簡直死有餘辜。

娜拉的心由憂焚如火，落到冷凝如冰。

長年來因還債而受的拮据之苦，原是為了愛，而多日來惶恐憂懼，與其說是怕自己的祕密被揭發，不如說是怕丈夫對她的愛情受到傷害污衊，更擔心丈夫會因她的作為而承擔苦難，而一切全非她所料。

正當托伐特盛怒辱罵之際，女僕送上另一封信。

原來，克麗斯汀知悉內情後，尋到克羅斯達，向他解釋當年背叛他另嫁的衷情。也向他要求：既然兩人都孑然一身，又都經歷了人生風雨，何不棄恨修好，同舟共濟？克羅斯達感動之餘，應克麗斯汀之請，修書撤銷一切恐嚇控訴。

一場暴風雨，倏然消逝。

托伐特得知一切危機盡去時，他又恢復了「保護者」的面目，轉而由怒罵到安撫。這一「罵」一「撫」之間，托伐特的鄙陋虛偽盡露。

娜拉的心，由冷凝如冰，變為枯碎如灰了。

這那裡是她愛過的男人？而她又何曾被愛？她原是在欺騙和被欺中度過了這些共同的歲月。他們只是在這歲月裡「扮演」了一對夫妻，而一場人生風暴，將他們各自還原了。他們並不曾相愛，也不曾相屬，更不曾共同經營過人生。而人生此際，對於娜拉，只是一種脫下戲裝的赤裸，一種赤裸中的空虛和徹悟。

娜拉扔下了「玩偶屋」（A doll House）中扮演過的愛嬌和歡笑，孑然一身，步出了屋門。

她的眼中有淚……

門外的世界

娜拉的出走，與其說是自覺後求取解放自由的勝利，不如說是她徹悟後孤注一擲的悲情。

當娜拉消失在門外之際，黎明的曉光射入門內，照著頹然若喪獨坐桌邊的托伐特。自語喃喃：「她走了，那個世界上最奇妙的東西！」

東西！在托伐特的婚姻觀念裡，娜拉只是他「所有權」中的一件「珍品」，可以任由他觀賞擺弄。而他在升遷後，對克麗斯汀的輕易雇用，對克羅斯達的無理開除，以至對娜拉無知行為的牽涉所成的辱罵（娜拉不知冒名簽署的非法性），都是同一權力的使用。人性的陰暗面又常在權力感中暴露無遺

（現實社會中，由大學系主任的私袒到政府獨裁者的伐異，都是）。這一暴露，便徹悟了娜拉的自欺和被欺，也崩潰了兩人間的「假相世界」。最可悲的是他始終未曾反省到，他之所以有當年的康復，今日的升遷，是部分由於娜拉的付出和犧牲。抹煞了這一點，便抹煞了娜拉的生存價值。

當然，他更沒有反省到，婚姻不僅是一種社會制度，也是一種人際關係。不僅具有人際間互依、互信、互重的社會性，還因兩性間的肉體關係而具備了特殊性。而且，肉體關係中所創造衍生的下一代，又使婚姻更兼具了嚴肅和神聖的意義——一種超越個體現實而投射未來世界的因果意義。因此，婚姻必須是兩個成人（成熟的人）間，共同努力維繫並經營的人生。而家庭，是包括「未來成人」的羣體生活場所。不是扮「家家酒」，可以隨拆重來的角色遊戲——假想理念中的玩偶串演。在真實的人生和生活裡，歡樂固可共用，憂患也必須共識同擔。

娜拉呢？她在一再扮演的歡笑和愛嬌中，壓抑著心智上的成長（她始終無法將負債冒簽的真情及早透露）。而她在長期獨擔祕密和憂懼中，又早已鍛鍊出一種堅強。維持這矛盾心態平衡的，是她理念中的「愛」和「被愛」。當這理念落空時，她的世界就崩潰了。

而娜拉，走出了那扇門以後又會怎樣呢？沒有人知道，知道的是，門外世界裡，依舊有四面八方的人生風雨。娜拉的堅強，是她遮擋風雨的「傘」。而傘下的獨行人生，在十九世紀的挪威社會裡，將歸宿何方？

七十年代的《玩偶家庭》，是一個兩性間權力取決的問題，九十年代的「玩偶家庭」，是一個人生悲劇。

劇場外，依舊是春雨、春寒。

一九九〇年，原刊《世界日報》

泊

長江建壩移徙他鄉的周邊居民，在大壩開始蓄水前，父老村民紛紛趕回祖地，要看老家最後一眼。讀到這樣的新聞報導時，我心裡有一種震慟，熱淚奪眶。

也許是因為自己新近搬遷離徙吧？那種地動天搖、抽根移幹的感覺仍縈繞心頭。也許，我的悲情還不止於同情。那些行將沉眠水底的歷史鄉城，曾是支撐我行走天涯路的文化命脈所在。

研究中國文學的人，哪個不曾讀過屈賦呢？屈賦作者屈原的故里就是秭歸。愛看中國歷史小說的人，有誰沒有看過《三國演義》？劉備借荊州的故事是重要章節，桃園三結義的關羽就是建荊州城的人。我曾參訪過屈子祠，也曾經尋跡過荊州城。今後，只能追憶了。

三峽大壩周邊遷徙後的居民會建起他們的驛鄉。到了下一代，驛鄉便成故鄉，習俗、文化，仍然一樣承傳。我的文化心鄉卻不再能重返。三峽建壩已議論過近一個世紀，為了發電、為了富強……時間不會走回頭路，一旦興建，「桑田」永成「滄海」。

但我也無法不將悲情轉為思想。中國人在自己的故土上尚且免不了東移西徙，何況在僑居的新土？「漂流」，其實是自古以來的生存形態。或因政治時勢、或因爭戰禍亂、或因……或因自我鶩遠和開拓。不論是哪一種情況，常常是永絕歸途。想想看，坐五月花號抵達新大陸的清教徒，又有誰重返舊大陸？舊大陸的人又何曾終止漂向新大陸？

中國歷史上，中原被戰亂所擾時，各姓氏舉族南遷，成為南方永久的「客家」。程氏家族亦復如此。先父寫回憶錄時特別記得家鄉祠堂大門上的匾額，上書「理學之家」四個大字。程氏祖先原來遷自洛陽。「洛學」是中國思想史上「理學」的一支。洛學中的二程〔程明道、程伊川（程顥、程頤）後裔南遷後，一支定居江西貴溪，立祠堂上匾額以明遠源。如今，這個家族後裔的一支，又漂洋過海。沒有祠堂可建了，只能將族源匾額化作心靈「中原」。「家鄉」，其實早已成為一種價值觀，「鄉愁」，又何嘗不是一種命運感？將兩者合起來，就是一個人的根源所在。

最近，女兒帶著孩子東返，回華府地區參加一個婚禮。問她會不會回去看看維州舊居？她的理由是：她成長的舊居故地，已很完美地印在心版——她兒時游泳的水池，後園手植的楓樹，附近的農莊和小湖……她可以一絲不差地複印下來。如今，已經換了主人的舊屋和庭園，不再可歸可屬。

噢，我想，我也不會再回去了！舊居只是一棟屋宇，我的記憶是女兒的成長、昔時的澆灌、花木的孳繁……這一切都已被我們帶走了。

中國人常說，「萍水相逢」。人生種種遷變際遇，有如浮萍逐水，漂流無定。佛家人說：「世界海」。我們的人生有如海上的航程，從一個港灣啟碇，然後又另覓一個港灣停泊。

我的人生舟筏，已泊在西雅圖的美景山。

無家

最近讀英文《西雅圖時報》，其中一篇報導是有關流浪無家的人群所成社會問題。標題竟是「各大城打擊（Crackdown）日增的無家民眾」。我在吃驚之餘，也感慨不已。十多年前，曾寫過一篇〈苦海無家〉（刊世副），深刻體會無家人（所謂Homeless）的悲苦境狀。那是因為華府可克朗（Corcoran）藝術館一項攝影展觀後有感。攝影展的主題是：Homeless in America。在慈善機構的經費贊助下，攝影記者往各大城尋訪拍攝無家者的真實現狀。其中人物並非如一般人所認為的吸毒者、精神病患、懶惰遊民、酗酒分子。所攝實況中，包括失婚失業的婦女、受性虐待而逃家的孩子、二次大戰心靈受創的老英雄、越戰軍人……那個策劃在各大城巡迴展出的攝影展，無非期待藉動人的故事圖像喚起社會人士的同情心，打破冷漠和偏見，進一步希望企業界或教會組織」以及政府機構，共同解決這個嚴重的社會問題。

十多年過去了，十多年來，美國花了數以億萬之財打過兩次波灣大戰。十多年後，經濟掛帥下的社會人心，日益貪婪無情。大公司的大老闆，憑著謊言、作假賬，讓員工畢生儲蓄血本無歸（如安然案例等的爆發）。由此也可推想職場競爭中的種種強食。十多年前的「無家」問題，日益加厲。到如今，不但沒有試求解決之道，且還揚言打擊之。

據時報記述，全美六十個大城（包括西雅圖），擬採取對無家民眾的非法化：不能在十字路口求助，不可夜晚睡在街頭，不可走過停車場如果無車可停……否則，員警可以依法驅逐拘捕。原因是：要維護大城市的金融形象和商業繁榮。可是，這些無家之人能被趕到哪裡去呢？牢獄？或者另類集中營？商業經濟價值推到極端時，人也難有真正的自由可言。

還記得，被譽為哲學家的前捷克總統哈維爾（Vaclav Havel）曾發表感想，他說，在共產主義時期，人的手足是被綑綁的，但頭腦還有思索的自由。資本主義社會中，商業性的廣告技術、宣傳花招，讓人跟著傳媒造成的感覺走，失去了自我思考及價值自主的能力，雖然行動上是自由的，「頭腦」卻被牽著鼻子走了。也許正因為如此吧？「無家」的社會問題沒人願意顧慮，而無家背後種種複雜、曲折、隱微的原因，更沒有人願意認真思考。

對了，十多年前，曾有一個既不是公司大老闆，也不是影劇界大名人的米奇施耐德（Mitch Snyder），自己是個窮光蛋，卻窮盡畢生之力，要為貧苦無家之人謀求福祉。他示威、絕食，造成大新聞後，還被好萊塢邀請到名人酒會中。只是，他太老實了，社會只將他的作為當作一種「秀」，而「秀」卻是有關商機並引獲利益的，他的那套「秀」，還想為窮人分一杯

「經濟羹」，誰願再顧？他終於絕望自殺身亡。英文華盛頓郵報曾經用大幅篇章，報導他的生平及行徑，可惜，那也只是一場「秀」，不久，社會也就淡忘，因為經濟效益上，不值一個銅板！

西雅圖時報的報導讀後，我想起一句話：「……鰥、寡、孤、獨、廢疾者皆有所養……」這是古代中國人理想社會圖式之一，在價值觀上，過時了麼？沒有！在經濟觀上，恐怕也不值一個銅板！

香

記得中學時，常和同班的張杏酡在放學後，去到田野間一座尼庵中讀書。那裡很靜，經常不見半個人影。我們席坐花間草地，花香隱約中，我們各自習課，或相互切磋。

後來回台探親或旅遊，間或在大陸尋遊名勝，總有機會觀訪古廟。廟中肅穆祥靜的空氣中，常有檀香裊繞、殿上垂瞼結跏的佛像，久久仰觀後，一顆外馳的「放心」，不覺收回省斂。雖然不是佛徒，也有一種「回家」的感覺，偶一轉身，殿門外，階廊池院，日照扶疏，檀香揉著花香，讓人將縈擾遺忘。

然後旅遊歐陸或南美，經常觀訪的總是各式教堂。不管什麼樣的教堂，在建築質材形制上，顯得高聳、龐大和沉壓。加上十字架上垂頸、流血和受苦的形象，讓人在仰望中有一種痛楚災難感。人世種種苦狀也倏時齊湧心頭。

不管是古廟或教堂，看過後也就淡忘。不時會想起的，是那檀香或其他什麼花香總關聯著神明的問題。

有一次翻讀《維摩詰經》，讀到一則香積國的故事：「有國名眾香，佛號香積。其國香氣；比於十方諸佛世界人天之香，最為第一……」讀著，就忽然想到香必與淨有關。廟宇因為香而稱為淨苑。眾香聚積之土的香積國，必就是渡越紅塵的淨土世界。

還有，幽蘭是生於沒有溷濁俗擾的空谷而吐其芳香。梅花要在冰清雪地塵囂遠沒後的靜夜，才釋其暗香。如果你在廟苑殿階，或寒林幽夜，忽然嫋然香氣傳鼻，你必會因而澡雪精神，脫塵忘俗，回歸本有的天真質樸，合於天地的圓滿完整，毫無缺憾。

其實，生活裡的幸福感，也可以用香味來衡量。如果你覺得一頓家常餐敘是充滿菜香、飯香、酒香的陶然之樂，你不會因沒有山珍稀餚而感憾。現代心理學家常指出一般人總努力「To have」而不盡心「To be」。也許，在名利作為價值中心的競逐中，這會兒你笑臉逢迎甜言蜜語，那會兒你又心狠手辣暗箭偷襲。你的原我元神割裂崩離，怎能不惶惑焦慮？

於是，我想起一個名詞：香療（Aromatherapy）。這是用植物香精來作生理或心理上的治療，如鬆弛緊張的肌肉或工作壓力下的亢奮，歐洲醫藥界對此香療已研究多年了。例如薰衣草香精可以緩和或消除心理上的焦慮感，玫瑰薄荷的精油可以減輕疼痛。不過，這種屬於東方草藥的另類療效，在美國卻落入了大可營利的商機。市面上從九十年代以來就大量出現了各種香品如乳液、噴霧、香燭……

在我們山下的一處商場裡，有一家專營店叫做Bath and Body Works。有一次闖了進去，逐步瀏覽架上檯上大大小小形形色色的瓶瓶罐罐。都是為了Body麼？我不禁想起我們的老祖先們，在從事書畫創作之前，要沐浴、焚香、靜斂。香，在當前社會狀態裡，即使沒有科學證明的療效，必也能將人的心境予以引渡提升。更重要的是，透由香而自淨——不只是Body，也是心。

玻璃窗外

我們的山居樓屋，多嵌玻璃大窗。我在屋內無論走到哪裡，總免不了和窗外的景物照面相觸。在室內做著家務事，也老覺得擾動了窗外的寧山靜水。有天早上熱一碗麥片，微波爐的玻璃面上立刻有山水投影。吃起麥片來，便如同吞著山魂水魄。

有時候，站在室內看玻璃窗外的景色，常讓我思及中國山水畫和西洋風景畫的異趣處。中國山水畫家喜歡談「氣韻」，這是中國畫家心靈所賦與的藝術氛圍。畫家飽覽名山大川，挾宇宙「心眼」，遊目移觀。西洋風景畫的視點，定侷於畫家的立足點上，持幾何原理，透視遠近而成景深。我常聽到一些批評，說中國古畫家不懂透視法，我想不是不懂，只是畫家不願將山水靈秀侷促於物理所界定的長相，而要將觀遊後的感動或思維，轉化為賦與山水的心靈色彩。中國山水畫毋寧說，是一種文化蘊涵所成的創造。不是透視寫實。

就拿玻璃窗外的那片風光來說，西畫家恐怕就以我立足而觀處為定點，經由透視法將風光切割而成畫面。中國畫家呢？恐怕先要將心靈插上鳥翼，飛那麼一大圈。嵐煙水色，遠灣近渚，透由心靈取捨，收納筆下。畫面不同，境界大異。

究竟，玻璃窗外有些什麼景色呢？挑幾點來說。

先從遠處看。遠處，西雅圖地帶的奧林匹克山脈。平時雲層重垂，常是雲、山莫辨。偶爾天朗氣清，起伏迤邐的山脈，畫在天際，明媚似錦。目前已是夏季，山頂仍積著白雪，雪峰皚皚，冷襯晴藍。入夜後，天幕殘勻淡淡霞光，山脈此時顯得深沉厚重，西雅圖的燈火市樓恍如透山而映的寶藏——千珠萬鑽。

然後看湖，湖上景觀呈現出動態感。白色帆影，日常慣見，都是湖邊人家操玩的輕舟，悠然水上，彷彿淩波的白鷗。極偶然，湖上也有運輸大船，載著器械質材，沉滯地行經水上。看到這樣的船隻時，總讓我憶起長江大霧中那隻遠帆。那年，我由鎮江去揚州而橫渡長江。我在霧中將遠鏡頭裝上相機，架在船欄邊，忽然就見駛入鏡頭的帆船。船首船尾，有人搖槳，十分吃力的模樣。想是船有重載。載重舟行，總為謀生營命。那艘遠帆駛出了我的鏡頭，卻始終未曾駛出我的心頭。

從湖上收目近移，便見蒼松翠柏掩映中的民居。西雅圖被譽為是個青松綠水環繞中的翡翠城（Emerald City）。西雅圖屬華盛頓州，州民車牌上都附有長青州的美名。

再近，就是窗外騎樓邊的白欄杆。青松翠柏在欄前探首，碧釵數尖，支起欄外雲天。欄側還有一棵十分高大的白楊樹。白楊樹葉厚實圓碩，葉柄很長，稍有風動，便漫天蕭蕭。猶記去年深秋移居於此，周遭落葉木都已條禿，只有白楊樹葉仍在技頭飄搖。秋後的西雅圖地區，陰沉多雨，幸有白楊樹，蕭蕭敲開陰鬱，撒片片金。如今白楊樹又綠滿枝頭，天籟依舊。

茶憶

西雅圖朋友汪玨打電話來約我茶敘，她說帶我去一個別致的茶室喝高茶，下午兩點。

高茶（High Tea）？推想這個名詞必源自殖民地時代，英國人喝下午茶的傳統。

不用說，一般人都知道中國是茶的始源地，也是飲茶文化普及最早的國家。雖然馬可孛羅遊記中就已提到中國人飲茶習俗了，但要等到十六世紀中葉後，才由傳教士將中國的茶文化引介到歐陸。曾經讀到過，也親耳聞說，英國上流人士家庭曾經惜茶如金。茶葉是用昂貴的青花瓷茶甕裝盛，放在客廳最顯著的地方以為炫耀。

十九世紀後，中國的國際地位日形低落，將經濟和權勢等同文化的西方人開始「疑茶」了。有人著書立說，稱茶源自印度（英國人的殖民地）。但文字史實昭鑿，不容置疑。茶的古字是「荼」，詩經中就吟詠過了（「誰謂荼苦？其甘如薺」）。世界上茶的稱音有二。一是沿北音稱Cha或Chai。二是沿南音稱Tea或Thea，也就是「荼」和「茶」的原音。

汪玨約喝「高茶」的地方是個名叫「瑪麗皇后」的商營茶室，處於華大附近大學村地區的一條街上。茶室的裝潢是一種英式鄉郊風格，花布窗簾，古典油畫，女侍都穿蕾絲罩衫，爽淨美觀。配合著窗簾的情調，茶具也是繪著花花朵朵的瓷皿。一座銀製點心架，陳列出各式茶點，從甜食到精小的三明治。再加上東南西北的聊天話題，高茶的「味道」便全了。在茶香時刻裡，滌除了日常繁瑣，提煉出生活情趣。

回家途中不禁想起一些在台北喝茶的經驗。台北的所謂茶藝館，確也有「藝」的氣氛洋溢其間，不僅是沏茶喝茶的那套程式。例如「紫藤廬」，那是一棟日式老屋。屋前有一條植著幽竹花木的石徑，入門後，就見櫃檯上一尊古佛。這裡那裡的角落，掛著簡淡的墨畫，室內的氣氛十分古典寧靜。

還有永康街邊的「永康階」，由名字看來就可體味出茶室主人是富有創意的營業者。茶室分內外茶座。內室有冷氣，外室則是一方院落。踏入永康階」是去夏盛暑時分。我和幾個年輕女友逛了一趟永康街後已是黃昏。我們決定坐在外院茶座。茶單上的茶真的頗有創意，櫻花蜜餞茶、金橘薄荷茶、鮮果茶……茶壺都是玻璃的，可以看到浮在水裡的花瓣或果葉，熱天喝熱茶，可想其熱。但那一院蘭芝及花樹，給人一種清幽感。我對院中的奇花異木很感興趣，離去前，一一對那些花看個仔細。茶室的主人出來幫忙收拾，見我看得很投入，就上前向我一一解說這些花木的名稱及產地，可知這些花木必是他手植的園藝作品。也從而可知茶室的茶多為花果技葉之類的組合底因。

臨去時向主人道謝，才看清他是一個大約近「不惑」的瘦高男士。由他經營的茶品和投入的花木講解，相信他是一個將日常營業看作藝術創作的人。

峽變

小時候唸地理，要不是背誦書上的文字，便是照著地圖繪作另一張地圖。那時候，中國地圖還是像一片秋海棠葉子。但在列強侵華的歷史情勢下，外蒙成為蘇俄的附庸，終於宣告獨立。鴉片戰爭後，中國疆土或被侵佔，或被割讓。史筆給予一個形象性的名詞來形容局勢：蠶食。我每次看到現在的中國地圖時，總會想起那兩個字。

中國，好不容易趕走外強掃除外侮，領土安全了，卻又關起門來搞「運動」，一個接一個，弄得民不聊生。從疆土被外來勢力所蠶食後，繼之在思想上被外來「主義」所蠶食。從地圖上的遺缺，到文化上的斷層。

開放後，中國人的視界廣闊了，親證了先進西方的物質優勢後，警悟過去精力智力的浪擲，於是高舉改革大旗，邁向經濟建設的標的。短短的時間內中國便出現了令世界驚震的成長奇蹟。中國人的特質欲望開始釋放，創造才華和潛力也隨之展現，世界上掀起了陣陣中國風。有識之士不免又興起隱憂，如果一味投入物質建設，中國人的精神版圖，會不會被西方經濟價值觀暗暗蠶食呢？

歷史上，西方國家在物質財富和經濟發展的價值導向下，對世界橫征強奪。形成風起雲湧的殖民地主義。如今，在相似的價值導向下，中國人對敬如「神州」的國土江河不惜斧改。歷史文化的長江，因三峽建壩而成為電源經建的長江了。

在中國人的特殊文化思維裡，宇宙天地是可依可息可遊可親的生命「家園」。所以愛屋要及烏、江河要萬古。見高山則仰止，見逝水思精進。「留取丹心照汗青」，要為天地養一分正氣，要為人世豎一格典範。那種價值世界或將隨江河永變而大變。

三峽建壩是神州大地上有史以來的巨變，不僅是數千年人文創建古蹟沉淹永失。自然界生態環境中各種孕天地之美的動物、植物、魚類、飛禽等，也遭受到巨大的災難。生命界，一環扣一環，有怎樣的影響，無人能料想。

多識草木蟲魚鳥獸之名，這是華夏古文明中的詩教。識其名才感其親，愛之護之，便覺萬物有情。人與自然因而相牽互繫而同體。天乾地坤，是為天地之德。這種為宇宙立心的親切感，是中國人生存意義的大根源。民間家家立牌位，首先便是天地，然後順序君親師。二十世紀西方大哲海德格，頗能領悟這種文化心靈，他將此根源名之為「家鄉」。回家，就是回到人和自然和諧的境狀。在科技和市場經濟的視野裡，自然只是原料和能源的供應儲備場所。海德格筆下的「家鄉」，有誰能夠回歸？從某種層次意義上來看，現代人，不都在流浪？

猶記當年由桂林飛重慶，乘船順流過三峽。船行瞿塘峽夔門之前，是太陽初升的清晨，船速至此極為緩慢，汽笛一聲響，群山都活了。夔門，像盤古的雙臂，迎我入懷，我的眼中含淚。三峽大壩蓄水後，峽貌已大變。三峽，多少詩詞吟哦，今後，中國人將會怎樣將此巨變訴說？

玫瑰

大門前走道左右有兩方花圃。去歲遷居於此時，花圃中沒有花，只有禿樹和矮叢。那時候，綿綿陰雨。濕冷的感覺，加上異地初駐的不安，讓我急著要將陌生的房子調理美化為可自在生活的家。

當我忙於屋內天地時，老公趁機在屋外改天換地。常常往各苗圃園（Nursery）察看「苗頭」。進入冬冷的苗圃園，極少有人問津，樣樣花木都以半價出售。有一天，他一口氣買了八、九棵樹本玫瑰（Tree Rose）。那是居美東時極少見到的品種，也從來沒有過種植的經驗，居然不惜「孤注一試」，將門前花圃中的野蔓叢技一一挖除，種下那些看來毫無生氣的玫瑰技枒，期待來春就可以滿目茂葉繁花。

好不容易冬去春來，玫瑰果然由枯禿中逐漸發葉生苞。隨著夏天的來到，氣候日益晴暖。玫瑰花蕊終於盛放。偶爾花前觀賞徘徊，陣陣花香撲鼻。每棵玫瑰各擎不同花色，有紅、有紫、有黃、有紅白相間，直感「眼花撩亂」。

眼中的花、鼻中的香，「應物斯感」。感而發問，問而「沙鍋」打破。原來，英文Rose衍自拉丁文和希臘文，原產地說是東亞和高加索地帶。中國地處東亞，稱此花曰玫瑰。二字都以「玉」為偏旁。玉是自古以來中國人珍視的寶石。以珍寶賦名花木，必有遠源典故。

的確，玫瑰是中國原產。而玫瑰一名確也原指玉石。玉色赤紅，所以又名火齊珠。借珠色以名花，也就意為如美珠之美卉。玻瑰原有紅色和白色兩種，現在所見繁多色彩，是後世不斷地孳育培栽。

不過，玫瑰雖美，卻不見重於中國心靈，民俗中十二個月令節氣代表花，其中沒有玫瑰。也許在姿容上，論富麗不及牡丹，論香馥又不及梅蘭。論格調呢？既沒有梅的冷傲，又沒有菊的貞高。玫瑰似乎只一味嫵媚嬌甜，落為風塵市井中的脂粉。在中國古典繪畫中，我不曾見過有玫瑰，詩歌中也極少出現。

儘管如此，玫瑰卻因它的藥用功能而在藥典中佔一席位。這樣一來，它又彷彿是個風塵女俠。它的藥用包括活血散瘀，治肝脾肺咳等。嚐百草的古人記其味「甘溫微苦」。我特意將花圃中欲凋的玫瑰瓣嚐了嚐，驚訝形容的切恰。

雖然看來甜媚，但玫瑰在性格上並不溫柔敦厚。愛護及種植此花的人，可能都有冷不防被刺傷血流的經驗。這種美得可以使人流血的花卉，曾是歷史上羅馬人的寵花。隨著羅馬人的東征西伐，也將此花的愛好傳之廣遠。在英國史頁上，玫瑰也曾留下一筆血跡。十五世紀後葉，英國的一場內戰就稱為「玫瑰戰爭」（Wars of the Roses）。雙方各以紅玫瑰、白玫瑰為幟徽。

但西方人對玫瑰的欣賞愛意，並沒有因歷史上的「流血」而稍減。歌頌戰事中的英雄，吟詠情場上的愛情，是西方文學中兩大主題。玫瑰是常用的情詩隱喻。繪畫中也常是瓶插靜物題材。到了現在日常生活裡，玫瑰更是不可或缺的花卉，任何人情人際場合，它都能悅目「欣嗅」賞心。

返樸

女兒小時候很邋遢，她有個好理由，說：「邋遢了才舒服，我喜歡舒服。」她一上史丹福醫學院後便決定不回東部了。加州人隨適的衣著習尚，她喜歡。

去年搬到西雅圖地區後，發覺那樣的習尚不止於加州。我第一次去當地銀行，看到銀行小姐們都是T恤長褲的穿著，不免訝異，這和東部那種時裝首飾搭配亮麗的作風顯然不同。此外，每次應邀作客，我仍習慣地慎重其事整裝赴宴，卻常見主人便衣便鞋「煞無其事」。日子一久，就開始動腦筋來找個適當的理由。說不定這是西部拓荒生涯隱留的精神餘韻。尤其是後現代科技商業文明極端化，讓思想開放先進的西海岸人士，產生一種返樸的心理訴求。

不過，西雅圖人的衣著習尚，也和自然環境有關。這一帶綠水青山，政府對環境保育也十分著力。影響所至，居民咸以美化家園為任。秋冬陰冷多雨，白晝很短，人多以保暖防濕為旨，美觀一事顯得累贅多餘。春暖後，大家等不及往戶外種樹蒔花施肥，扔脫長時的季節陰冷。日子變長了，有時間和花木泥巴打交道，顧不得衣覆整潔。

夏天是最美好的季節，太陽要到九點半才下山，日子可以打發得十分豐富。晴夏以來，常聽到朋友親戚間談論山原或海島野營計畫，要不就是商議去深海或湖邊垂釣。

垂釣是從不能滿載而歸的。據說，深海釣魚（鮭魚）不能超過五條。湖邊釣蟹，硬是有人拿著尺來量度，不夠大小標準的螃蟹，還得眼睜睜放生歸水。有一次老公釣到一隻軟殼大蟹，以為可以帶到家中大快朵頤，管理員檢查時說軟蟹尚未「成年」，囑其放歸。

至於野營，這裡好像家家都能念出一本野營「經」。有的入山，有的傍海。挖蚌殼、烤牛排、看星光營火，說得野趣無窮。

其實，我也有過一次野營經驗。那時初居華府區不久，一對德國夫婦邀請我們去維州雪倫陡山頂營地度週末。他們是野營老將，無所不備，只要我們自備一個帳篷即可，算是他們的「營客」。

記得紮營後已是黃昏，大家架爐生火烤肉，營區一帶此起彼落的炊煙，在霞光夕輝中搖曳著人間鮮肴香味。山頂入夜清寒，大家繼續圍爐生火，取暖聊天。我們的營帳是租來的，A字型小號，深夜入帳就寢，頗有原始人「穴眠」之意。那時候大家都很年輕，幕天席地也是新奇。

後來有了女兒，再也沒有和那對朋友紮營爬山了。女兒小學畢業那年，學校舉行野營會，地點就是我們當年的營區。而那對邀我們野營的朋友，沒有子女，離婚後各自他去，雪倫陡的營火裡，多少世事成灰燼。

如今，每聽人談及野營，往事又如煙掠眼。漫漫世途上，曾見證過多少坎坷曲折，一轉眼，蹉盡了華年。我對野營已缺乏新奇感。也許，山林水濱的「反樸」，不如在市井紅塵中「歸真」。世界上，人若能培養出一份天真無邪，綠水會含笑，青山更嫵媚。

維多利亞的夜晚

維多利亞是加拿大西岸一個省會都城。處於溫哥華島嶼的東南端，是英國人於十九世紀後；在新大陸開發、殖民、統領的歷史性港都。它的名字就是指維多利亞女皇。至今，港灣邊仍立著女皇的立姿銅像。

維多利亞給人的印象，並不是一個生活步伐匆促的繁華大城，而是一個有花園、美景、民俗的假日勝地。港灣賦與的溫和氣候，讓維多利亞經年都有紅卉綠茵、山光水色、各種按月進行的民俗節慶。足供人觀光、消閒、流連。

我去到那裡，是西居生涯中一個小插曲。

入夏以來的西雅圖，打破歷年來的紀錄，一連近兩個月日暖天藍。老朋友譚潔力早就說要來看我。她在電話中談計畫：先和我們開車去加拿大，在香港人聚居的烈治文（Richmond）吃海鮮，從那裡乘渡船去維多利亞、住女皇飯店、喝下午茶……行程和節目全擬好了，何樂不為？

抵達維多利亞已近下午四點，在旅館中稍事安頓後，便是下午茶時刻。這個已有百年歷史的女皇飯店，下午茶廳室寬敞古雅。廳中早有人在彈奏鋼琴，樂音悠揚中，顛沛著一個茶的傳統。本是舊時代的正式場合，但紳士淑女的形象，早已被旅遊業後的消費者所代替了。喝下午茶的人，雖然也有男士著白色西服，女士穿低胸晚裝，但大多數的人都是平常衣飾。消費者各自選擇。

我們的茶座處於大窗旁，窗簾外垂著綠藤蘿，街那邊就是港灣。我們離開茶座時，夕陽斜映。綠藤蘿在晚風中搖曳，歷史的魂影，攀援依稀。

其實，下午茶是晚餐的淡化。我們在茶餘想要做的，只是在海灣堤道上走一趟。這個時候的海灣邊，是屬於賣藝的人。不同的街頭藝術家，一路展開營生，各顯才華。有的在玩把戲，有的在雕刻或畫畫。有的彈著吉他，唱：「鄉村路，引我

▲二〇〇三年，港灣音樂藝人和作者。藝人可同時彈奏多種樂器。（友人譚潔力攝）

回老家……」你要是看中某一件作品，可以就地討價還價。你要是停步欣賞演藝而慨然動容，便可將錢幣放進他們設置的容器中。他們，都是維多利亞旅遊業推動力的一部分。

我們在堤道盡頭一家酒廊桌邊坐下，面對港灣的繁麗燈火。大家點了紅酒，相互杯祝。偶一抬頭，天空貼著一片秋葉般的月亮，將圓未圓。再過幾天，就是中國人的中秋節。嬋娟千里，多少人會有與共的心境？

回旅館時，堤畔多了一個拉大提琴的年輕人，正拉著《天鵝湖》的主調。聽他拉完後，會彈鋼琴的潔力，要求他奏一段德弗乍克《新世界交響樂》的主旋律。他一言不發又拉起來。當年，德弗乍克在「新世界」的美國備受尊重。一年的薪俸，相當於他在祖國捷克一生收入的總和。但他還是放棄了在美國的名位和財富，啟程賦歸。對於他，世界上還有比名位財富更重要的東西。一種心靈賴以安頓歸宿的最終價值。

我呢？我們呢？

我抬頭看那片白慘慘秋葉般的月亮，濕了眼眶。

月落

有一首可能人人都讀過的古詩，寫在下面：

月落烏啼霜滿天，
江楓漁火對愁眠，
姑蘇城外寒山寺，
夜半鐘聲到客船。

這是唐詩三百首中張繼所寫七言絕句《楓橋夜泊》。詩人躋身官宦，曾為江南監判官，不時於旅途行次，興感成詩。這是流傳最廣的一首。張繼作品並不多，但《唐才子傳》中也記有他的傳略。可知作品不須較以數量，出自心靈的佳作，自能流傳百世。

這首詩寫景如畫，音韻抑揚，十分易於記誦。大概只要讀一兩遍，就能琅琅誦背。此詩在日本也一樣廣為流傳。在華府執教時，辦公室中掛了一幅從寒山寺購得的碑刻拓帖，日本同事見詩帖，如逢故友，欣然朗讀。

不過，日本人雖愛中國古詩，終不免「隔靴」之弊，他們將「江楓」二字解為江橋楓橋。想是詩題寫著「楓橋」，而詩中多了個「江」字。這是日本人生硬淺薄的毛病，不必管它。後來讀了一篇大陸作家寫寒山寺的文章，居然就把江橋楓橋用上了。

足知中國人的自信心至今尚未穩立。當年的張繼，旅途夜泊寒山寺附近的橋下，恐也不知橋名，但見岸上楓紅撼秋，姑以「楓」名橋。詩題點明「夜泊」，江楓當為江岸楓林。由「江水」而引出「漁火」，是順理成章。此詩簡潔明晰，應無疑難。但也有人強為解釋，說霜滿天是不對的，應該是霜滿地。甚至還有人認為寒山寺應為西楓寺，都是從考據理見上著眼，哪有詩心？

不管怎樣解析此詩，我從來沒有讀到過對月落景象加以詮釋描繪。當年，張繼深夜愁眠不寐，可能見證月亮由中天落向楓岸遠垠。當時夜烏林宿未穩，啼囈傳耳，月落後，靜夜霜寒凜冽，這就是霜滿天的感覺。張繼原是臥舟興感而觀，視界空懸，自是「霜天」。

沒有人拈出「月落」二字，恐怕是因為月落情境無人經歷。我雖然順口就能背誦此詩，也不曾著意過那月落之景。中國詩中談月的篇頁很多，大概通常都意味滿月，稱之為「明月」，明月可以使花弄影，也可以讓人對月成三。而且，滿月落山時刻是在清晨，不在愁眠不寐的午夜。

說起來，這是搬到西雅圖山居後才驗證的景象。張繼詩中的月亮應為新月。像我去冬所見，這裡的冬季，下午四點就天黑了。有天七點多吃晚飯，閒談之際偶一側首，一彎銀月盈盈鉤在天上，才知雨早停了，也將夜空洗得湛淨無雲。飯後收拾整理，一舉目，銀月輝光轉為金黃，向湖邊的崇山斜傾。等我梳洗後，金月已色成橘紅，離山也更近。壁鐘指針已過了十一點，我走向窗邊看月落，月色漸成火紅，緩緩斜墜。我定足凝眸，不敢稍縱。月色更紅了，簡直像一片出爐的熱鐵。旋即「熱鐵」插入山峰，愈插愈深，最後成為燃在山頭的一點火焰。一剎而熄，山岑天寂。

轉身看壁鐘。滴答聲中，指針劃出午夜十一點四十分。

去一趟德國村

納粹時期，流亡海外的德國作家湯瑪斯曼（Thomas Mann），說過幾句令人深思的話：「我在哪裡，哪裡就是德國。我將德國文化隨帶於心」（Where I am, there is Germany, I carry my German culture in me.）來到美國的不同族裔人士，大概也都如此。只有這樣，他鄉也似故鄉，漂流也可成歸宿。美國各大城，不同族裔因文化聚集而形成不同社區。義大利區、愛爾蘭區……或者中國城。文化中的民俗節慶也在不同社區展現。近年來，中國人聚集營生的中國城，舞龍舞獅放鞭炮的傳統農曆年，已成為吸引觀光客的重要節日。舊金山中國城每年舉行的大花車遊行，更成為電視錄影製作的節目。文化，何止可以立命安身？何嘗不是資源和財富？

西雅圖附近的德國村，便是以民俗節慶為號召的小鎮。

德國村（Bavarian Village），不僅因德裔居民在此開發，地形上也彷彿南德Bavaria。德國的巴伐利亞處於阿爾卑斯山脈和波西米亞森林之間，境內還有幾條河流穿越，如著名的多瑙河。西雅圖附近的德國村，也有克斯克茲（Cascads）山脈群峰環抱，有汶那琪（Wenachee）及其他河川流繞。小鎮原名Leavanworth，一般人都稱它為德國村。

小鎮特色在於它建築風貌的巴伐利亞地方色彩，以及它的民俗節慶。稍在它的遊訪指南上瀏覽，便足以令人驚訝節慶名堂之多。從春天的春鳥節、夏天的臘腸節，以至於秋天的秋葉節、冬天的耶誕（聖誕）燈節。每一個月都有一種節慶活動（Festival），招徠湊熱鬧及觀光旅遊的外地人。小鎮商機脈絡緊繫於這種種慶典活動上。

我們去到那裡是秋天。正是德國村的秋葉節。家家店門和櫥窗都插掛了楓葉技條。前街的亭台上，節慶音樂不斷播放。等到週末慶典舉行時，便有馬車遊行，有方塊舞上場……秋天，落葉的季節，只要有熱熱鬧鬧的生活，便不許悲秋。

看到處處插掛的楓葉，不禁想起兒時的端午節，家家門上都插掛著艾草和菖蒲。不過楓紅和艾綠涵義不同。他們的楓紅是為應季而活旺商機。我們的艾綠是有保健和消災的民間觀念。炎炎夏日來臨，五毒俱生。艾草在中藥上有去毒、止血等功能。嚐百草的先祖神農氏，將一己寸心造福萬世。先民們的長遠時間感，也成就了長遠的中國。

走著德國村，眼睛忙碌地看，心思也忙碌地轉，思尋一年四季我們傳統中的不同節令。其實，舊時代裡，一年十二個月，月月都是不同節令。可是誰還記得「驚蟄」、「白露」這樣的節令名堂？也許我們的父母輩吧？我們這一輩頂多只能知道幾個重要的節慶了。最重要的當然是舊曆新年。也就是春節。正月初一是立春，萬象更始，人間換新衣。商店都關了門，讓大家去走春拜年。元宵節是春節的高潮，天上第一個團圓月，人間吃湯圓，一個個像小月亮吞進生命中去放光彩。還有，還有民藝家將「光輝」塑成彩燈景焰。

走在楓葉節中的小鎮上，我有種種的緬懷。

鬼

幼時家住台中，外婆常由台北來我們家度夏。吃過晚飯在院子裡乘涼閒話，總會要求外婆講鬼故事。心裡害怕時就搬椅子向她靠近。既然怕鬼，又要聽鬼故事，豈不矛盾？原來鬼故事也是一種文化血脈的傳承，而且無論中外。

大學時修文字學，知道「鬼」是個會意字，由象形及指事而成義。「ㄙ」是古私字，取其陰私之陰意。古時稱死人為歸人，古典中釋鬼：「庶人無廟，死曰鬼」。無廟則無祭祠，魂魄無所依歸，成為無定的陰氣。難怪世人會「碰」到鬼。

在中國古典文學中，鬼並不可怕，且還引發遐思與想像。清代蒲松齡所著《聊齋誌異》中，聶小倩是個可愛的女魂。明代湯顯祖所著名劇《牡丹亭》，女主角杜麗娘因夢而死，死後鬼魂仍不懈尋覓夢中情人，湯顯祖讓劇情超越常理現實，情人柳夢梅在麗娘魂魄促使下，挖掘墳塋，麗娘借原身還魂圓夢。此外，古典又釋鬼為「人神」，三國時代的曹植，在洛水之畔見其心愛人之魂影，寫成傳世的〈洛神賦〉。

幼時聽的鬼故事大都淡忘了，只記住一個有關辮子的故事：有人夜歸，見田埂上坐著一個紮辮子的姑娘，便上前察問，姑娘緩緩回頭，赫然又是一條辮子。這是一個怪異得不近常情的「鬼」，讓我聯想起世人不近情理行為中的詭詐、謀騙、殘暴。清代顧貞觀作金縷曲，中有兩句：「魑魅搏人應見慣，料輸它翻雲覆雨手……」所指「魑魅」，就是現實人際的險惡機詐。至此，鬼何足懼？

當年講鬼故事的外婆早已仙逝作古。那段少小年光也早已湮遠無蹤。而我，居然在時間的另一個世紀、空間的另一處居地，聽起鬼故事來。

鬼節（Halloween）的前一天，早上讀報，讀到有關西雅圖市Pike Place Market鬧鬼的報導。這座沿海灣坡地建構的老舊商場，已將近一百年了。是全美國最古老的一處民眾商場。六十

▲每年鬼節（Halloween）西雅圖的Pike Place Market皆會舉辦講鬼故事節目。照片中的畫坊主人耶格先生在一家曾傳鬧鬼的商店前講鬼故事。

年代曾一度衰微，市區商會建議將此一佔地廣大的舊市拆除，改建為辦公樓、公寓或停車場。後來在建築家斯坦布魯克（V. Steinbrueck）的領導下舉行公投，才挽回商場被拆的命運，並被規畫為西雅圖歷史性地標。就在歷史性的背後，保存了商場內代代醞釀而成的傳奇故事。鬼故事也在商場形構的曲折、上下、明暗中傳遞出來，成為每年鬼節期間一項「鬼遊」的節目。

引領「鬼遊」的人，是商場內一個畫坊的主人耶格（M. Yaeger）先生，他在商場內設坊賣畫已經二十多年了，對場內每個角落和通道都瞭若指掌。那天參與「鬼遊」的人，還有來自不同地區的美國人，我們隨著他七轉八折、忽上忽下地走，每到一個看來神秘的所在，他就說一個在該處發生的鬼故事。我們來到一段原木建構的通道下方，他說到一個自己親歷的「鬼」經驗：一天清晨，他由此處去畫坊工作，忽然頭頸後面毛髮豎了起來，一抬眼，通道邊站著一個印地安女人，隨即消隱。他說他並不覺得怕，他一生有過多次見鬼的經驗，他認為只要不心存「不善」（Negative），是無須生懼的。的確如此：世界上只有心存不善之人，才應戒懼。

物質潮

年歲日長對年節間趕熱鬧逛店購物的興趣愈淡。也許正因為如此，才得以冷觀世事。

節期去女兒家，無法不去購物商場。一踏進商場，第一個印象就是，人人都大包小包地提著捧著，物質潮和人潮相互洶湧。到後來，我也一樣大包小包地捧著提著，幾乎不勝負荷。物質的重量忽然成為心情的重量，蹣跚笨拙中興起一些感想。

年節，在傳統意義上，是家庭朋友團聚歡笑的時刻，趁著假日，將種種奮鬥衝刺或籌劃，都推開放下，好讓心境閒散，好讓身勞歇息，更重要的是讓生活在親情友情中蛻新重展。

近年來常讀到所謂假日憂鬱（Holiday blue）的有關報導。心理醫生還上電視「說法」，並建議減輕年節期間「憂鬱」的途徑。例如，你大可以利用一年中任何空閒時間，預先物色購置禮物，以免節期間慌亂緊張。不管怎麼說，物質商品依然佔據重心。要問的是，為什感情或友情的表達，必須寄託於商品？

朋友郭浩民曾在電話中談他的感概：兒女們每年送他貴重的東西，他已幾乎無法感受其中的骨肉情了。一生行醫，早已不虞匱乏，禮物成了年年的多餘物質積累，倒是有一次晚間看電視，女兒拿了一個椅墊塞入他身後墊腰，這個小小的動作，讓他心情一時澎湃，感動不已。

他的話讓我想起數年前偶爾看到歐普拉的Talk show，她為節期「憂鬱」的人解結，認為禮物可以關懷的具體行動來表達，例如兒女省出時間為母親代勞家事。丈夫學一兩樣烹調為妻子家人準備晚餐……最難忘她節目結束時匆匆說的幾句話：「如果有人告訴你一定得購買禮物，別信他，他胡說（he is lying）。」

畢竟，大多數的人都被潮流推動，載沉載浮。

眾多繁複的商品，也造成選擇的壓力。商業推促的物質欲，牽引人向錢看之餘，禮物的心意也可能被人用金錢來作衡量。你要如何避免「物品」價格被混同為「品味」價值呢？送禮物給職場上司富有姻親麼？選擇的壓力就更大了。物品的「昂貴」，說不定就被混同品味的「高貴」。誠惶誠恐之際，你個人特殊的審美意趣就得靠邊站，你簡直無法做你自己。你得做別人眼中的另一種人，逼使您對自身進行異化，你如果感知這一點，就有一種自我疏離的痛苦。

那樣的情狀又是怎樣促成的？也許是廣告推銷術吧？

隨便翻翻報章雜誌，你便面對千姿百態的廣告，特意製作設計的形象，咄咄對你展開誘惑。各種設計的目的，無非要提高品牌到一種令人羨仰的境地。形象上，或閒逸瀟灑、或健美華貴、或青春光鮮……印記著這些形象去作選擇時，日常生活的熟悉感便拋遠了。推銷術製作的微妙符印，滲入你心裡深層，成為左右你選擇的價值理念。推銷術的背後，是要獲得更豐厚利益的欲求和手段，你陷入圈套，便失去了自主力、自信心或個性感。這就是……噢，「憂鬱」！

李津的《盛宴》

通常以食物為繪畫主題的多為蔬果類。齊白石的《小魚絲瓜》，讓觀賞者領受感悟的實為一種田園清簡意趣。將佳餚盤餐入畫的繪作，我沒見過。

有一天讀英文西雅圖時報，看到一則藝術新聞：天津美術學院教授李津，將在亞洲藝術館展出他的力作《盛宴》，並於開幕展出的當晚，以幻燈片放映作公開演講。

我趁觀賞《盛宴》之便，也參與了演講場合。

可以說，李津的《盛宴》是一種創舉，甚至是壯舉。這幅圖畫是以橫幅手卷形式呈現，共五十九英尺長。畫中盤餐，一道一道，盡是膏腴豐餚。此外，各式器皿、作料、烹調用具，一應俱全。看畫人沿著玻璃長櫃緩緩移進。「宴」中的色、香、味，便在心中品嚐。

各種「珍饈」、「美餚」之間，穿插著李津別具風格的書法文字。仔細辨讀，並非什詩詞歌賦，而是醬醋鹽椒、燒烤焗燴的烹調食譜。讀著看著，就嚐遍煙火人間況味。不過，李津的「筵席」是不會散的。且為參「筵」的人匯聚了東西南北口味鄉情。

《盛宴》橫卷對面角落，電視螢光幕上，不斷地重複著電影《飲食男女》中的幾個鏡頭：大廚老爸在切、斬、酌、烹，製調美食的過程。靜畫動影之間，牽引出綿長持續的中國飲食文化。

據說，長卷末展出的部分，是李津以他書法手法所抄錄的一篇網路文章。文章作者評《盛宴》，認為無異是一則中國人的饑餓史。該文作者看來實也未知歷史。《盛宴》中有筷子形象穿插。中國人用筷子（箸），早在先秦時代。用筷子取食便已意味烹調藝術的開始，講究烹調，便已不是不擇食的饑餓處境。那篇網路文章，在心理上，不過拖了一條五四時代的尾巴。

李津的演講，就像他這個人，言語間顯得質樸坦誠。他以幻燈片的放映，描述了他對藝術探索的思想歷程。早年，他在西藏受宗教繪畫的影響，也受到西藏地帶大自然和民俗的薰染。那期間，他的作品表現出粗獷神祕的風格。回到天津後，心態上重返家園，脫落了異鄉高蹈的藝術境界，踏實於自家泥土上，梳理出一條可供歸宿的思路。四十歲結婚得子，一種塵寰裡的幸福感，讓他覺得生活中的一切點點滴滴，無論是吃飯、睡覺、洗澡、甚至上廁所，都美好得無不可入畫。幻燈片的放映中，我們可以看到這個時期的「他「，或在盆栽間獨坐冥想、或與妻兒共盆沐浴，或與狗兒一起趴在蓆上午眠……他有一種對現世生活的全然肯定，也有一種不受世累的憨然率真。

李津說，他的《盛宴》並沒有什麼深刻的蘊涵，畫那些佳餚美食，是因他喜歡吃，人生在世，能吃就吃。到西雅圖來，看到那些新鮮海味，他說不須烹調，吃生的最好。

其實，飲食之事，本身就含有意義，愛吃，無異愛生活、愛生命。而且，飲食之事也有關文化之事。禮記中有言：「禮之初，始諸飲食」。一個「美」字，從「羊」、「大」而成。原意即味美之美。，文學中常牽連到「味」：尋味、玩味……「知味察禮」正是中國美學之始。

爬山

和我們山居日日對面的奧林匹克（Olympic）山脈，只有在晴朗的時日看到起伏如波的峰巒。蔚藍下的峰浪由遠處低山逐漸揚波，在八千多英尺的主峰又逐漸下落遠沒。山浪間有一處略成凹字形狀，中有峰頭尖拔如筍，那就是颶風崖（Hurricane Ridge）了。

我們去爬颶風崖。

▲奧林匹亞山脈的群巒。

時忽照面掠眼的峰崖，無法插翼飛往。必須開車上渡船去到賓橋（Bainbridge）島。上岸後一路走走停停。看山看水，用相機剪裁風景。來到島端的天使港（Port Angeles）小城已是黃昏，正好迎我們度夜。夕照中的小城，顯得簡樸安靜。據說早年這裡曾有中國人營業謀生，形成小小華人社區，如今只能見到一、二中餐館了。

颶風崖的海拔高度是五千七百英尺，我們所謂爬山，只是最後抵達崖頂的三英里的山行。由天使港到那裡有車道，原是奧林匹克國家公園一部分。

像其他國家公園一樣，奧林匹克也有它開闢的園史。當年，哥倫布「發現」美洲，稱之發現「新大陸」。其實，對於這片廣大土地上的原住民（所謂印地安人）來說，已是數千年久遠的舊家園了。新與舊，是不同的立場。新，是征服者的錯覺。奧林匹克國家公園所在的崇山峻嶺，也曾是歐洲人自以為「發現」的錯覺。後來考古學家發掘山脈地帶的古物，證實這一帶是古代原住民採集漁獵的生存場所。由科學測驗所得到的結論是：山脈地帶人類的生活痕跡，已累積了五千多年的光陰。公園簡章上還註明：如果爬山的人偶然發現了古物，務必請留在原地，並通知有關當局。人在山徑上探行，一步一步踩著的都是古人的腳印。

颶風崖山徑地段建有觀遊中心，設有眺望台。站在台邊，眼前雪峰連綿。想起藝術家潘天壽的一句話：「重莫如山，繞白雲則通體皆靈」。眼前山景予人的感覺，也可以套他的話來形容：「重莫如山，覆白雪則通體皆清」。山谷清風涼如泉瀑。面臨岑山靜谷，神可寧，心可淨，身可出塵。奧林匹克國家公園是在二十世紀中葉興建，正當科技猛進，物質價值觀日熾、生活步律日促的時際，人在焦慮追逐之餘，需要從崇山曠野的自然精神性中，來汲取心源。安頓心靈。

往颶風崖的那段路是泥沙山徑。開始時林蔭依舊，愈往上，愈見荒旱。到達崖頂前，但見亂岩參差地支起穹蒼。來到崖頂站在岩石上，可以眺望山那邊的浩瀚海洋。山崖處於兩谷間，又高臨大海，秋冬之季，強風勁掃，掃成山崖地帶的荒寒。崖名颶風，原因可想。

久久站在岩崖看海，一轉身，雪峰迢繞。頂天立岩，錯覺我比山高。人，不常是活在錯覺中嗎？能夠警悟錯覺，還須幾分謙誠。當今世代，商潮高漲，極盡廣告推銷自我宣揚。不管是哪種檔次，都可自稱Second to None。其實，物也好，人也好，都是有限的。一味膨脹自滿，哪能見宇宙之大，萬物之盛，才華之眾？當然也就沒有了可以仰止的高山。拾步走下岩石，心裡更添一份謙沖之情。

圓緣

從我們的山居望出去，可一直望見西雅圖市中心的高樓大廈，襯著周邊山巒水涯的浩闊空間。這座城市看起來並不大，那些商業樓廈和其他城市的也沒有多大分別。作為西雅圖地標的，是那座稱為「太空針」的建築。地方電視台便是以「太空針」和它背後的雪山作為背景。高科技和原始自然合而凸顯出西雅圖的特殊姿容。

不過，任何城市，都不只是物質空間的形象。對任何居民而言，只有和這城市文化脈動有了共振後，才開始滋生親切感。一感到親切，遷移才成為安頓。

我們搬來西雅圖地區已經近一年了。初居於此，首先要熟悉柴米油鹽的基本生活環境，物質現實是為安頓「此身」，「身」安頓好，才能談到屬於精神面的「心」。思想史上的唯物唯心之辯，豈非顯而易見的各具偏差？若言唯物，既是「唯」了早已包含了心的活動在內。若說唯心，沒有身在，心存何處？中國的哲學家都知道，理論，不管多麼遠舉高蹈，總要扣緊著人生，畢竟，那也是千千事中的一事。

我們的千千事裡，包括結交新知，搬遷於此後，認識了羅久芳。她的另一半張桂生教授，長期任教西雅圖的華盛頓大學直到退休。他們是文化圈的重要成員，透由文友陳少聰的引介（少聰曾就讀華盛頓大學），我們有了連絡。久芳是個細緻周詳的人，她安排大家在西雅圖藝術館見面，看完特展後，又請我們去音樂廳聽音樂，讓我們對當地文化開始有了接觸。那天，西雅圖的天空灑著冷雨，我們的心空卻一片暖意晴明。

說起來，我和久芳之間有如俗諺所云：「有緣千里來相會」，其實，又何止千里呢。久芳的父親是文化界先輩羅家倫先生，曾任駐印度大使。駐印期間，中國女畫家游雲山女士在著名的泰戈爾大學執教。她因印度美術協會的贊助在新德里舉行畫展。開幕典禮中致辭並作簡介的人就是久芳的父親。那篇講稿至成保留於羅家倫先生文存中。

我和久芳閒談印度時，傍及這件往事。後來，她將那篇講稿找出，連同當時畫展中的照片一併影印交我。照片上的遊雲山，是個高䠷清雅、衣著精緻講究的女畫家。有誰曾料及，這個畫譽蒸盛的藝術工作者，後來轉而致力佛教教育事業，並於晚年創辦華梵大學。由衣著精緻講究的女畫家，成為長年一襲袈裟的曉雲法師。

游雲山剃度前曾環遊世界，以途中畫展所得繼續旅程。當年她所持中華民國護照的保證人是先父程兆熊先生。當我第一次見到她時，她已受聘於台北文化大學主持佛教文化研究所。感念當年讀游雲山著《泉聲》詩集，我曾撰文刊登中央日報。間接促成《泉聲》的重版和暢銷。就這樣透過文藝，我們成為忘年交。

酋長西雅圖

原來，「西雅圖」是一個印地安酋長的名字。它所以成為當前城市之名，實也滄桑著印地安人的歷史命運。

歷史？誰去關心歷史！但歷史會在不經意的生活縫隙間，向一顆敏感的心靈閃現。

有一次陪一對遠來的朋友逛老城區的「先驅廣場」「Pioneer Square」，來到一個地下骨董商場。商場前空地的綠蔭下，有一座並不惹人注意的半身銅像。從銅像面容看來，顯然不是英雄式的拓荒人物。他披著散髮，頭臉微仰、高顎、長鼻、蹙眉、嘴唇微合，像是即將啟言。胸前數紋皺摺，象徵披掛，披掛下方寫著英文字：Chief Seattle。

▲西雅圖酋長銅像。

後來乘渡船去賓橋島（Bainbridge Island），在公路上馳車之際，瞥見路邊有指標，上書：「酋長西雅圖墓地由此轉」。就在不遠的濱海處，埋葬著酋長的白骨。從那裡，可以遙望原是他祖祖先先歸土的地方，已興建起高樓大廈。城市與島嶼之間，是廣大的普捷海灣（Puget Sound），海上風雲萬變，不變的是，印地安人在自己的故土上漂流遷徙的遺史。

酋長西雅圖，少年時代即以身材魁碩、智勇過人著稱，繼承父親成為酋長後，統一大小六個部落而聲威益增。十九世紀中葉後，普捷海灣一帶已劃歸華盛頓州境之內，華府派來州長斯帝汶（Isaac Stevens），兼任印地安裔事務官。

斯帝汶早已知道，美國橫貫州際鐵路將伸達艾略灣（Elliot Bay）港畔，這是一個最宜海洋商貿之港。他開始和酋長西雅圖進行協議，利誘威迫兼施之下，酋長心知無論以武鬥或以情理，都難屏擋侵略大勢所趨。在「時不我予」的境況下，酋長答應簽署條約，以七毛五分錢一英畝價額，將部落居地賣給白人，接受遷徙安置區（Reservation）的安排而和平共存。簽署前，酋長當眾告白致辭，這就是歷史上著名的酋長西雅圖演講。那以後，廣大的印地安部落土地便名之為西雅圖。

據當時在場史密斯（Henry Smith）醫生記錄，高大垂老的酋長，直立昂亢，一手按著矮壯的斯帝汶州長頭頂，另一手向空高舉，宏聲徹霄而道：「昊昊蒼天，流下同情之淚……」（Yonder sky has wept tears of compassion）。除了明言引退安置區外，並呈述了白人和印地安人文化傳統的殊異。對於印地安族裔，日月星辰、大地河川、草木巨岩……都是神聖的。而白人，有如流浪者，不斷向自然索取借貸，一旦此地耗盡，隨即轉覓他鄉，永在流浪……

這篇講辭記錄時間是一八五四年。但發表於報端時已是三十多年以後了。史密斯自言是根據當時紀錄手稿及日記整理成章，標題是「往事隨想之十」。講辭的真實性引起後人質疑，甚至有人否定推翻。但據研究美國史的艾裡吉弗（Eligifford）詳加考索之後，並向部落長老求證，認為史密斯記錄的講辭，有一定的可信度。

那篇講辭，在二十世紀七十年代時，環境生態的高度警覺中，顯示出重大的現代意義。可嘆的是，科技武器仍不斷發展。蒼天若有淚，應為全體生靈苦難而泣。

尋遇隱士的人

你以為大風大雨的冬日寒夜；最宜燈下讀書、喝茶、聊天嗎？卻有許多人甘冒風雨，不辭遙路，趕赴亞洲藝術館的中國古典詩朗誦會。而且還得以二十五美元的代價購票入場。朗誦古詩的是一位自名紅松（Red Pine）的美國人。

亞洲藝術館的視聽大廳裡早已濟濟滿堂。還有人靠牆而立，或靜坐輪椅上等待開場。這場朗誦會是由西雅圖愛略灣書坊和Copper Canyon詩集出版社攜手贊助，並由亞洲藝術館提供場地共襄盛舉。

我持票入場覓位時，一眼望去，老老少少，全都是美國人。的確，西雅圖是個有文化素養、追求生活品質的讀書城。但竟有那麼多人抱著那麼大的興趣，專為來聆聽朗誦中國古典詩，不免讓我有點迷惑。

也許那些文化人士，要在生活環境的湖山之美外，探取一些華夏文化觀照自然的靈想哲思？還是，由自身社會價值取向中的物質金權外，去感觸一個古文化精神層面，藉以澡雪淨化？那麼我呢？我盡可從書架上選取兩本古詩集，隨意誦讀幾篇不也很好？何必冒寒驅車趕湊熱鬧？說來也有點可笑，我是專程來看紅松是否頭上長了兩個角？畢竟，能誦讀中國詩的西方人，太希奇了。

當天下午閱報，橫書的英文報頁上，破例印著幾句直行傳統楷書的中國古詩：題目是「答人」，作者是太上隱者，英譯者名紅松。在詩後紅松詳加註解：太上隱者不知何許人，只知他隱居於長安之南的終南山麓，有尋訪者問他為何遁隱，山隱多少年？隱者就「答人」如下：「偶來松樹下，高枕石頭眠，山中無日曆，寒盡不知年。」

報導中還特別描寫紅松遍訪當今中國大陸隱士的歷程，除了尋訪艱辛之外，他還追蹤了古代著名隱者的遺跡，如王維的輞川別業、陶淵明的南山村屋，寒山的巨崖遺痕。好幾年後，黑鬍子成了白鬍子的紅松，完成他《登天之道：尋遇中國隱士》（The road to Heaven: Encounters with Chinese Hermits）。

朗誦會開始，紅松出場上台，襯托他滿腮白鬍子的是一件寬鬆的棉質白衫。他看到台下滿廳熱心聽眾，衷心表示驚訝。表示感謝之餘隨即簡介他自己。像個修持有素的人，沒有片言隻語誇耀炫己，只樸實平淡地敘述今昔：他原是哥倫比亞大學主修中國文學及佛學的博士班研究生。但自覺中國古典詩中的禪境哲思，不是西方生活氛圍中可以切感深觸的。他買了一張單程機票去到台灣，住入寺廟。開始認真翻譯古詩，藉著翻譯來學習把捉詩中的多層面意涵。並從翻譯詩文和經文過程中來感悟人生，並思考安排未來生活方式。

那晚，紅松特地放映他在中國大陸尋訪隱士的黑白幻燈片，銀幕上出現寒山穴居的巨岩、求訪隱士者攀登的華山險崖，還有荒草沒徑的祕谷篷寮……我看得心潮起伏。中國文化天翻地覆之餘，共產主義天羅地網之外，隱士文化居然持續存在，而且還有一種自由度讓有心人修行求道。

隱士之隱，不只是隱身避世，數十年的崖居穴匿，是為求得終與宇宙真源合一的靈視內省歷程。這種歷程，遠比肉身生存上的貧瘠更為艱苦。如果問：於世何益？隱士遺世獨立、靜觀潛修、粗衣簡食，精神上的蕭疏、專誠、超越，終會像岩泉清露，向人世流瀉出一線悟機靈命，啟迪深思，引生崇敬。古詩中有不少尋隱士而不遇的悵喟作品，詩人雅士的那份嚮往，無形中投射出世俗之外的價值觀。也可能就是這種價值觀，持續了至今的隱士文化。

紅松先生譯述頗多，包括全本《寒山詩》、《千家詩》、《石屋禪師集》。此外還譯有佛學中的《心經》和《金剛經》。只有前述的那本《登天之道》署的是他的真姓本名：Bill Porter。

書與文化

除了愛好戶外活動，西雅圖一帶的人也愛買書。據報導，西雅圖人購書平均數是全美之冠。戶外生活的愛好，當然是因為環境中湖山海灣島嶼的自然景觀之美。而愛好看書呢？我想，不僅是因為日常文化素養，也可能與特殊天氣有關，繁春盛夏過後，西雅圖地帶常是一片瀟瀟雨、濛濛霧、颼颼風。色調上是沉黯愁淡的，有人說，西雅圖是全美自殺率最高的地區。

在黯淡的雨季裡，如何打發閒暇與愁情？大概最好的辦法就是拿本書，走入文字天地去忘我逍遙一番。一個能在書中忘我超越的讀書人，是不會感到孤獨的，也不致感到生趣枯竭心魂無依，以至於絕望自毀。書，的確是一種調理生活的重要因素。書店也因此成為愛書人的「尋獵」場所和消閒去處。

從我們家大窗遠眺，可以清晰地看到湖那邊西雅圖金融商業中心的高樓大廈。這些樓廈所在地是新興的城區。歷史上的舊城區，是目前稱為「先驅廣場」（Pioneer Square）的地帶。這一帶保存不少老城舊容。許多文化「風景」便在這片歷史磁場呈現——藝廊、骨董店、工作坊、書店……

說起書店，廣場地帶第一大道上的艾灣書坊（The Elliott Bay book Co.），不僅是西雅圖一帶居民人人盡知，而且也是全美國愛書者、寫作者、出版家眾所周知。這座書坊不僅賣書，也提供每個星期甚至每天與書有關的文化活動。透過讀的嗜好、買書的習慣、參與活動的熱誠，艾灣書坊已成為西雅圖一個典重的文化場所。甚至有人譽之為「書之麥加」（A Book Mecca）。

不久前，西雅圖時報特別報導艾灣書坊更換新主，原主華特卡爾（Walter Carr）退休，由書坊資深工作人士彼得愛朗（Peter Aaron）接手，繼續書坊經營的一貫原則與風格。交接之際，書坊也慶祝創建三十周年。

三十年！人間多少事！從能源危機、中國開放、非洲饑荒……到目前中東戰亂。風雲無限詭譎，艾灣書坊堅定理想，在書的領域中沉著邁步努力拓展。而三十年前，書坊起步，創業維艱。那個大鬍子華特卡爾才大學畢業不久，找到一份教育行政工作，終於不勝枯燥繁雜而辭職，開始了他理想的書坊事業。那時他身兼老闆、工作人員、清潔工人……數職，憑年輕人的無窮精力打理一切。開張日，有個小夥子Rick Simonson，拎著垃圾桶來到書坊前，亮著眼睛喊：哇！真好！我喜歡書！這個小夥子後來成為書坊重要成員，主持書坊文藝活動策畫。這一活動特色帶動了書坊的知名度。如今，即使有名的作家，也以來書坊演講或誦讀作品為榮。

我也曾參與書坊的一次活動，那是因為西雅圖時報所刊「自然奇觀」系列專題報導出版成書。作者之一及攝影家以幻燈片呈現合作講解過程的種種甘苦。我去買書並聽講。深感這個地處長青州的「翡翠城」（Emerald City），它的盎然綠意中孕育著雙重生機——自然與文化。

【後記】

據《西雅圖時報》於二〇〇九年十月十九日報導：艾灣書坊因為經融風暴影響，營業不振，租約滿期等因素，現書坊主人Peter Aaron考慮於二〇一〇年三月遷址於Capitol Hill地區。仍將保持原有的經營風格。不過，老城區的居民或遊訪者將不免有憾。

維宓爾世界

一九九六年的年初期間，華府政界因為歧議諍見而顯出一片「殺伐」。政府公眾機構曾經兩度關閉。步律迅疾的現代人，心情更感迫抑。就在這樣的氛圍中，國家藝廊正在展出三百多年來僅有的一次維宓爾（Johonnes Vermeer）繪畫作品。這是一次煞費時間、精力和經費，追蹤散藏世界各地維宓爾繪畫匯集展。觀展的人必須預先取票，按票示日期時段入場，展覽經過兩次關閉，又愈來愈接近截止展期，真是到了一票難求的地步。排隊的人，索性帶著睡袋，半夜三更就排起隊來。而那些日子，冰天雪地，冬寒正緊。

▲維宓爾最著名的一幅畫：《戴珍珠耳環的少女》。

是什麼原因讓那些排隊的人「捨命」求票觀展呢？也許，不僅是因為維宓爾畫世紀性的展出，更是因為維宓爾世界中的寧謐、簡靜、穩適，藉以暫時消除忘卻當今浮世生涯中的躁動、紛馳和焦慮吧。

不過，那個看來空前絕後的展覽，並非什麼超級大型展。維宓爾一生繪作不到四十幅。中年去世後，也並沒有即享盛譽。而且，有關他的生平，後世所知少之又少。他沒有浪漫傳聞，沒有驚世行徑，既不闊交，也不廣遊。他和家屬一生住在荷蘭的德弗特（Delft）城。他的安土靜隱，也許就是他繪畫精神風格的成因，而其中意義，與時俱增。

總是那扇處於右角的長窗，總是窗外透入的一瀉柔光，畫中人物也總是聚焦於柔光的溫潤軟照。維宓爾筆下的人物，不是顧盼作態的權貴，而是平常民居百姓的生活姿容——讀信寫信研考學題，傾注牛奶或編織蕾絲。或者，掛串珠鍊整裝赴宴：…儘管如今人類已能登陸月球、探索火星，那些古昔姿容中的生活基調，依然親切動人。平常是永恆，「色」，何嘗異「空」？（色，暫存現象。空，永恆本體）。深陷世事溷濁的現代人，切盼去畫展中淨滌、消損、認同，將假像人生解構歸真麼？隊，愈排愈長了。

我很幸運，很早就去看了。畫，都算小型，一共二十一幅。那幅《戴珍珠耳環的少女》恐怕和你我家中的掛畫大小差不多。但小小一畫卻佔據了一整面大牆。「她」，就從那面大牆上，孑然回眸，看我，看你，看世人擠攘紛紜，「她」只側身於自己的世紀，一往貞靜。

「她」那一看，看入了一個小說家的心坎，翠西雪弗麗兒（Tracy Chevalier）便從那明眸柔唇以及珍珠耳墜，展開了創造性的想像，以畫名為書名，進入十七世紀一個藝術家的世界，寫成一部暢銷小說，讓那個曾是維宓爾家庭女僕的二八年華女孩復活，讓讀者和「她」一起去窺探維宓爾世界中的藝術奧秘。書，我也看了，乾乾淨淨，一如女孩的素面青春。

然後，那本小說又推動了一個電影製作者心靈，將文字描述的人物和景象，藉演藝動影予以重現。讓觀眾去見證生活樸實的德弗特城，也去體悟維宓爾的創造歷程。影片的攝影手法是經過特殊處理和構想的，好像每一個鏡頭都沾著維宓爾的繪畫光澤。一百分鐘左右的劇情，沒有色情暴力，而藝術性的豐富感，讓人低迴讚嘆。電影，我也看了。

紅盒中的西藏

西雅圖的兒童劇院，曾經作世界首輪演出《紅盒中的西藏》（Tibet Through the Red Box）。劇本原著是捷克裔作家彼得西斯（Peter Sis）。所撰寫的故事書。根據的是他幼時派駐西藏的父親所寄書信描述。這些書信多年存放於母親手製的一個紅漆盒子中。這就是書名的由來。

劇作上演後，西雅圖時報曾作大幅彩照報導，儼然文化界一件大事。朋友羅久芳邀請我同往觀賞，最大的理由是因為那是由華裔劇作家黃哲倫（David Henry Huang）編劇。我們都很欣賞他，覺得他不僅是一個傑出的戲劇藝術工作者，也是一個努力深入探討問題並敢於批判的思想家。我曾經於多年前看過他著名的《蝴蝶君》（M. Butterfly）曾撰文記述感想（見附文：蝴蝶禪）。

《紅盒中的西藏》是演給八歲以上的孩子們觀賞的，藉劇情觀賞，孩子和父母有了豐富的親情時刻，也有了一次同場共歷的文化經驗。

黃哲倫在編劇中淡化了政治角度，將主軸放在父子遠離遙隔的悲歡上。劇中的父親，原是二十世紀五十年代捷克在蘇聯侵佔下的錄影工作者，被派往西藏拍錄實況，不得已離開了需要父愛的病中男孩。這個父親在西藏時因為迷途，無意中發現中共正建造一條通往西藏的公路。當他告知西藏人來自中國的卡車即將駛入，西藏人不以為意地回答：卡車？我們不需要卡車啊！我們多的是犛牛呢。於此，西方人一廂情願的文化尺度隱然而現了。

孩子的盒子中，收藏了許多父親寄自神秘遠方的書信，信中所描述的除了前述公路故事外，還有許多姿彩殊麗或光怪陸離的西藏民俗、信仰以及傳說。這些描述啟動了孩子超越時空的奇思幻想。劇戲手法以幻燈片在大型舞台銀幕上的轉換，來顯示不同地域背景。西藏的古寺、雪山、茂林，捷克布拉格的城市建築和廣場。背景時而混連交滲，孩子的幻覺便在其間馳騁。

雖然是兒童劇，黃哲倫也在劇中涵蘊了一些啟發思考的佛家思想。例如，戲劇一開始就藉演員提示道白：世界上一切事事物物都絲絲縷縷相繫（Interconnected）。又例如，孩子在幻想中和西藏鄉童相遇，互訴苦衷。鄉童說：我受苦，你也受苦，能瞭解這，就是悲憫（Compassion）的開端。孩子和鄉童嬉戲踢球，為了不讓球壓死地面蟲兒而將球踢往林間……也許，未來的年代裡，這些思想會在觀劇的孩子心中產生意義。也因此他們或將懂得，什麼是愛物仁民的意義。

附文　蝴蝶禪

蝶夢

說話，一隻從「夢」裡飛出來的「蝴蝶」，展翼高翔，翩翩上下，扇出一個世紀又一個世紀的晴藍。到如今，已是二十五個世紀的輾轉。

到底是種什麼樣的夢境？又為何蝴蝶輾轉至今？

先說那個夢，再談那隻蝴蝶。

那是古人的夢，織在中國的線裝書裡的。這樣描寫：

> 昔者，莊周夢為蝴蝶，栩栩然蝴蝶也。自喻適志與！不知周也。俄而覺，則蘧蘧然周也。不知周之夢為蝴蝶與？蝴蝶之夢為周與？周與蝴蝶，則必有分矣！

莊周就是莊子，道家哲學的著述者。這個夢記述於「莊子」一書的「齊物論」篇章中。

什麼是「齊物論」呢？簡單地說；就是道家觀點中的價值思維。人間各種現狀，要放在廣大時空中來衡量——昔「是」者，或成今「非」。昔「非」者，或可今「是」。同樣地；善惡、毀譽、貴賤、、敵友……都會因時而異，因地而遷。任何價值，與其偏執一端，不如相對地看待。是為「齊物」。

那麼究竟和那個夢有什麼相干？

那個夢是莊子用來譬喻生命的。人間世，有人頌生，有人榮死，一樣是價值。放在「齊物」觀中來思索，生與死；是一物（生命體）的兩面——兩種現象。就像夢與覺，莊周和蝴蝶。這樣一思索，生死之念，就淡泊對等。

可是，談何容易？世界上就只那麼一個莊子。儘管「齊物」觀中的遠見，已不斷地在世界演進變轉的過程中證實：昔「非」者今「是」——授受不親的男女可以自由變愛了……；昔「敵」者今「友」—— 四十年冷戰的美蘇大可以握手了……。莊子的智慧，經歷了二十五個世紀韶光的滌鍊，依舊是一弔詭（弔詭一詞出自莊子，意為奇幻謬異），其誰悟解？

所以，又要來說那隻蝴蝶。

莊子夢為蝴蝶時，不知自己是莊子（周），偏執了「蝴蝶」的心理意識。既覺，才恍然察悟了現實的存在，於是，蝴蝶和莊周之間便有了判分，一判分，便祛除了偏執，可是人世間芸芸眾生，沒有莊子那樣的思維警覺，總是迷執於自己的心理空間（夢），無所醒「覺」。也因此，無所判分，所以，誰說的？「古今如夢，何曾夢覺？」人，始終是「夢」中的栩栩然蝴蝶，千秋萬世，輾轉翩躚！

諜夢

話說：六十年代期間，發生一則撲朔迷離的愛情間諜故事，它是這樣的：

一個瀟灑的法國外交官，派駐北京時，迷上一個美麗的京劇戲子，終於暗地同居。同居期間，戲子還宣稱懷孕，下鄉生子。外交官調返法國後，文革爆發。戲子備受磨難後，請求法國情人援助，獲准赴法。抵法後，戲子的間諜身份被揭，雙雙受審。詢審期間，戲子宣告他是個扮女裝的男身……

新聞披露於報章後，激發了華裔劇作家黃哲倫（David Henry Hwang）的潛思。怎麼可能呢？數載同居，體膚相接，竟未發現對方是男身？也許可能，心理意識上的迷執，可以塑型現實，對了，想必如此。於是，他的筆下就產生了一齣久演不衰的名劇——蝴蝶君。

「蝴蝶君」的劇情以歌劇「蝴蝶夫人」的故事為隱喻，以心理意識鑄造的偏執錯覺，導引出一場現實人生的戲劇。它是這樣的：

六十年代的西方社會，傳統價值觀逐漸瓦解。年輕一代反叛精緻文化對社會的統馭性，競以穢言粗語為時髦風尚，以個性滿足代替價值追求。社會上進行著性革命，女權運動高漲。女性漸由被動式的神話浪漫角色中解脫出來，成為睥睨自主、放浪言行的對等「異性」。

就在這樣一種社會文化背景下，年輕的法國外交官卡裡馬（劇本擬名）外放到中國北京。在這個東方歷史古城裡，結識了古典京劇戲子宋麗玲（劇本譯名）。現實空間轉換後；又因情愫而導發心理空間的變異。本著西方男性對東方女性在文化及性心理上的錯覺，他蹈入了「蝴蝶夫人」男角平克敦的心理境界，將宋麗玲塑型成為他愛情的俘虜——一個像蝴蝶夫人那樣神秘、羞怯、癡情不渝的女子。等到宋麗玲被揭發為北京的間諜，又宣告是個扮女的男身，卡裡馬的心理世界就撤底崩潰了。而赤裸裸的現實中，角色易位——是他，卡裡馬，中國間諜的囊中物，一個真正的被俘者。

於是，蝴蝶夫人原是蝴蝶君。

新聞報導中的法國外交官波里斯可（Bernard Bouriscot）；因政治上的失職而被判人獄，京劇戲子恢復男身後，落實為巴黎大都會的平民百姓。那個假兒子呢？據說，也在花都謀生。時間的湍流，也逐漸將那政治「鬧劇」沖淡、遺忘。生活繼續著，人生回歸平凡。

蝴蝶君，夢裡的蝴蝶！

疊夢

「蝴蝶君」一劇已正式進人美國戲劇文化主流。這是華裔劇作家黃哲倫在心靈上回歸「根源」後，站在立足點的堅定基礎上，放遠「心眼」、擴大思維的地平線，因而成就的傑作。此劇在紐約百老匯上演已屆三年。目前於全美各大城作巡迴演出。將來還會改編成電影劇本搬上銀幕。

我曾馬利蘭州的巴提摩爾劇藝中心看到「蝴蝶君」的演出。觀劇過程中，引起我兩種聯想：一是「蝴蝶君」中平劇化的舞台形式，二是上述「齊物論」哲學觀以及蝴蝶隱喻。就將二者「疊」起來說。

「蝴蝶君」是個現代舞台劇，卻採取了古典中國平劇舞台的空靈象徵手法，用簡單的道具，輕快便捷地轉換著劇情中的時間和空間。固然，劇中的中國背景和平劇戲子，是採用這一手法的可能原因之一。放觀其他的現代舞台名劇如「罪與罰」、「傀儡家庭」（二者皆編導成現代劇，曾觀賞）、「等待果陀」等，也都是取用象徵性的簡單道具。專家說，舞台上的佈景形式，由傳統的寫實舖陳，到現代的象徵投射，是西方戲劇史上的演進和進步。

回過頭來看，我們國內的戲劇工作者，卻相反地，把古典象徵式的平劇舞台，添換成西方傳統的寫實佈景，認為這是現代化的改良，將來若成定論，直可稱之為「新平劇」了。

新耶？舊耶？放在「齊物論」的廣大時空觀裡，西方的「新」，原是東方的「舊」。東方的「新」原是西方的「舊」。兩邊都是各執一端，「自喻適志」，栩栩然「蝴蝶」而已！

「蝴蝶君」的諷諭思想，不僅止於西方男性對東方女性的性心理偏執錯覺。它更諷喻著整個西方對東方的文化心理偏執錯覺。自從殖民時代以後，西方藉軍事強權，仗勢黷武，對東方征戰剝奪。本著攻伐的「強勢」心態，就錯覺在文化上也「道」高一丈了。

不過，東方的落後，是時代造成的階段形勢，不是歷史的最後歸途。戴起「齊物論」的眼鏡來看，在無限浩闊的時空中，人類文明的進展，是不斷匯智、集思、應變、種種交流衝擊而成。東方的古老，並非「遠古」的延引不變，而是民族創造力超越時空的恒持、常新、永進。西方的富強，絕非自古而然。近兩個世紀（工業革命以後）的躍進，也非平地而起，而是透由世界上許多古文明知識、智慧、經驗的傳播、匯集、應用（如天文、羅般針、造紙、冶煉、火藥……）後，藉殖民征戰，造成許多地域民族衰亡而雄峙。放在漫長的時光中來量度，一樣是歷史的階段形勢（殖民主義階段形勢不是已終斷？強權價值也面臨考驗？）

那麼，未來呢？東方會鑄新歷史形勢而扭轉西方的文化錯覺麼？那要看，東方能否從對西方的歌頌崇拜心態中蛻變醒覺，恢復原有創造精神，完成歷史使命。否則，在世界舞台上，東方就只有繼續扮演「蝴蝶夫人」，以至將原本獨立的文化心靈自殘自戕，來圓滿「卡裡馬」式的西方迷執和錯覺——「栩栩然蝴蝶也」。

逃

許多休閒度假的地方，常在廣告上號稱是最好的Escape所在。Escape 什麼？都沒說。但也不言而喻：逃開城市科技文明——電腦、電視、電話，或者各種推銷術的干擾。不過，從這裡到那裡還得借助於科技，汽車、飛機、船，總得要一樣。時代，逃不了。

我們也有那麼一段像是Escape的時光。那個地方叫昆諾湖（Lake Quinault），是一個地偏人稀的湖山小鎮。處於奧林匹克半島的頂端。

▲靜靜的昆諾湖（Lake Quinault）。

走入那家自稱有歷史性的老旅館。所謂歷史性，是因為早年美國總統法蘭克林羅斯福曾經居此。開門入室，果然房內既沒有電視又沒有電話。騎廊外，稍遠是水平如鏡的湖，更遠是青翠如碧的山。廊前有大草坪，木椅上散坐著老少，或單或雙，人手一書，讀得似乎十分投入。四面八方的靜，像齊收書頁，大家都在書中自我安頓。

說實話，除了在圖書館，或者在考試期的大學校園，我從來沒見過那麼多人靜讀的情景。看書的人，有的白了頭，有的仍是青壯黔首。也有年輕父母，帶著孩子坐入草茵讀故事。看樣子，書，不會絕跡。不管市面上有多少CD、DVD、VCR，或者各式網路。書還是更安寧、更自由、更智慧的世界。草坪上的讀書人，讀的不是所謂「垃圾」書——那些極盡暴力、性愛、奇詭的市場潮流寫作。他們也許讀的是英譯《老子》，或者《湖濱散記》，或者《戰爭與和平》……

清晨，獨自湖邊閒眺。水上有人泛舟，有人垂釣。林蔭小徑上有人閒步慢跑。耳邊傳來湖水泠然拍岸的音響，還有遠近山鳥起伏的鳴唱。晨光映照中，山間白雲輕逸飄移，引接出山的清幽靈動。這個時候，山水比畫更美。真山實水，涵納的生命感更親切更深沉。

昆諾湖附近有原始雨林，是奧林匹克國家公園組成部分。一切樹種都受到保護。中有百年巨幹，還有千年老樹。走在雨林中，時忽見證，有的樹因有小溪或岩澗旁流，長期受水浸蝕，終於潰基失根而倒塌死亡。有的樹則因日照角度偏蔽難以茁壯而逐漸凋萎枯歿。樹的不同運命因種子所待機緣而成不同處境結果。人世不同運命何嘗不如是？

那株千年老樹，顯然平處穩境，既無水蝕之危又當日照之利。加上「根器」之韌，撐度千秋萬世依然茂蔚。巨根盤地而起，偉幹直上攀天。千年！放入心中量度，個人何其有限！放入歷史中觀照，人世也曾悠悠。

想想看，一千年前，幼芽初發時，歐洲還處於「黑暗」世紀，美洲還沒有進入世界地圖。中國正當宋代文明，美學家談氣韻、哲學家談太極、理想家談：「為生民立命……為萬世開太平。」千年之後，幼芽成老樹，人間歷經多少滄桑？我們能在老樹前仰止，可謂有幸。

以後的一千年呢？有誰能料？還有人談理想麼？誰為生民立命？誰想為萬世開太平？

走了一趟雨林，並沒有逃開什麼。反如經歷了一場世事。離開老樹時已屆黃昏，踩著樹影，像是踩過一千年光陰。

酒鄉說酒

老朋友潔力和錦森夫婦，邀我去他們家住兩天，帶我去酒鄉品酒加餐。

所指酒鄉，是全美著名的加州產酒地域，離朋友家僅有一小時的車程。這一地域山巒環繞，形成一帶狹長的平疇谷原，名為娜帕谷。谷寬由一英里到五英里不等，谷長卻有近三十英里。沿著一條主要公路聚落不同地名的大小城鎮。意不在酒的旅人也盡可擇地休閒歇息。

因為特殊地勢所成氣溫型態，平谷疇野遍是葡萄園。大大小小的製酒廠，據說目前已有兩百家。近年來世界品酒會上，娜帕谷的酒，不但有些可躋佳釀名酒之列，且已有躍登榜首之勢，娜帕谷之名也揚於世界了。

我們停訪的第一家酒廠，是個家庭世代經營的傳統型酒坊，坊前有大片大片的林地及花園，散置著野餐桌椅。風和日暖天，到訪者可以在門市部選一二種乳酪，三兩盤鮮餚，加上紅酒，一家親人或幾個好友，便可在林下花前聚談進食，陶然未醉前再繼續行程。

娜帕谷的一般酒廠門市部都設有酒檯，造訪者可在檯前按牆上所列產品接受贈飲淺嚐。善飲者可嚐出酒中的的香醇純冽度，藉以決定選購。比起潔力和錦森，我是個不知酒且不善飲的「門外人」，不過，卻因隨眾淺嚐而飄然半醉。也因為幾分醉意，翻騰出心中有關酒的文字情事來。

那個時候，酒鄉疇壤上，一望無際的葡萄園，都處於褐暗的冬眠狀態中，長藤密枝都被剪伐成斷條枯幹，一列列，畦徑分明，卻了無生意。這種枯禿竭藏的情態，其實飽蘊著春來的茁綠，夏盛的豐盈。希臘神話中，葡萄藤是酒神的物態象徵，那種冬枯夏醇的年年循環，意味著酒神狄奧尼索斯永恆輪迴之苦（非佛教輪迴意）。而這種苦也正是酒神所代表的節慶狂歡根基所在。希臘悲劇和音樂舞蹈都是節慶的表達。無疑，酒神也正是藝術創作的象徵動力。

中國雖沒有酒的神話故事，卻有關於釀酒的史事。酒史中載述夏禹時代，儀狄釀黍成酒，為遠涉荒寒邊域治水的大禹暖身禦寒。到了周代有杜康善造美酒，以致後世「杜康」成為酒的代名詞。曹操短歌行中「何以解憂，唯有杜康」即為一例。

最近讀到中國大陸報導，蘇州考古界公展五千五百年前的水稻田及村址。華夏農耕村聚之早，應遠遠超過這個考證的年份。北方種黍，南方植稻，各釀酒種。古代飲酒之風定也普遍。大學時從屈萬裡先生修《尚書》（中國最早史集），周書篇中便有〈酒誥〉一章。文中警戒在官職者「無彝酒」（勿常飲酒）。但家中烹餚迎客或遠歸子姪相聚，則「自洗腆，致用酒」（先備豐膳以致飲酒佐餐）。可知頒令者嚴戒誤公外，也顧念人情。

一般說來，中國人對飲酒少有忌諱。文人墨客尤其詩酒不離，酒不但是感性創作的動力，還是宇宙哲理領悟的渠徑。斗酒詩百篇的李白自言：「三杯通大道，一斗合自然。」陶淵明更以〈飲酒〉為名，成詩二十首，多言人生深刻哲思。「終日馳車走，不知所問津。」世路上奔營迫促的現代人，讀此古人詩句亦將有所感否？而我，酒鄉路上，藉三分酒意便牽繫上煙水勞望處的文化鄉。

聞說《道藏》

前些時去西雅圖的華盛頓大學聽了一場演講，演講者是法國法蘭西斯學院研究《道藏》的名學者——維爾倫（F. Verellen）先生，講題是（Dynamic Design：Taoist Ritual and Contemplation）。我對題意似懂非懂。不過，演講對象既是對中國藝術史有興趣的學者和學生，《道藏》是道教的經典總集，想必有關道教的宗教藝術。

演講進行中，配合《道藏》典冊插圖的黑白幻燈片放映，一開始就出現老子莊子的畫像。接著有符籙星宿等圖案，以至於人體內經絡流通所象徵的內在天地。這些都是開眼界的聞說。

不過，維爾倫先生在英文演講中，一再提及的Taoism並不特別界分道教和道家，不免讓我感到迷惑。漢代流行的道教，對春秋戰國時代百家爭鳴之一的道家多所附會，史書上也有所指判。道教所衍創的儀式（Ritual）如敬神驅鬼、祭醮祈福等，固不見於道家，即使道教人對養生延壽所行吐納導引之事，道家人還特意指別：「……吹呴呼吸、吐故納新……此導引之士養形之人，彭祖壽考者所好也」（《莊子》刻意篇）。至於煉丹登仙，當更為「齊壽夭」、「一生死」的道家不取。

我在大學時曾選修《莊子》，是以文學讀本來看待的。《莊子》可以同時是哲學和文學。莊子才華橫溢，喜歡用想像性的玄麗文字來烘托哲學理念。在他行文中的神人或真人，河漢不能寒，澤焚不能熱，乘雲氣、禦飛龍……但他真正所指是理念上的外生死、極消遙、遣累無憂，做個全然自主的自由人。

演講中另一放映的幻燈片，是有關誦讀老子《道德經》。如果敬誦一千遍，便有天神乘彩雲下降賜福。所謂誦讀，大概和唸「南無阿彌陀佛」差不多。道教附會道家，除了誤解寓言旨意外，也可能借重學術而典重《道藏》。

《道藏》是一部五花八門龐大複雜的典集，多至數千餘卷。何止道家著述羅致其中，舉凡先秦諸子中的儒家、墨家、陰陽家……以至於後世道教人士撰作的奇書異說，無不被收入。與其說，道教出於道家，不如說，道教是集匯自古以來尚鬼重巫、神仙方士、陰陽五行等等民間傳奇信仰之大成。道教興起之初曾被稱為鬼道，道教之「道」，未必是道家之「道」。

道教奉老子為太上老君，稱莊子為太元博士，都是《列仙傳》中的神仙。後來晉代葛洪又另撰神話，說鴻濛之初，宇宙混沌，中有盤古真人，自號「元始天尊」。至此，道教便有了一個開天闢地的「元始」始祖。隨著時代的進展，道教神仙愈來愈多，除了老莊，後來的詩人如白居易、李白、李賀都成為「列仙」。

其實，中國人多少信一點道教，因為它已是民俗組成重要內容。你的家裡某個方位不是掛著一個八卦鏡嗎？過年時，你也許會在我家看到張貼的八仙圖呢！文學裡也不乏道教痕跡。《長恨歌》中明言「上窮碧落下黃泉」的人是臨邛道士。《牡丹亭》中杜麗娘的鬼戀還魂也是道教影響。諸如此類可以順推。

燈

有一首英國民歌，至今仍不時想起，哼唱之餘總有一種感動。那首歌，有關愛、有關流浪、有關家園與燈火。

開頭幾句譯在這裡：

小屋裡有盞燈光在閃爍，
閃爍窗內，是因為我，
燈下是我祈禱的母親，
祈禱上蒼佑我平安歸去。

我們可以說那是一首流浪者之歌，但也盡可以將小屋、燈光、母親視為一種普遍的象徵。茫茫世界海，我們迎風衝浪地漂流，豈僅是為謀取生存而已？也是為尋證我們生命在世的意義。這背後的力量，正是來自可供我們回顧的家，可以懷想的愛之豐源，以及曾經為我們照明歇身的溫暖光輝。歌的最後兩句是這樣的：

只要想見小屋窗內的燈光，
縱天涯流浪，不失指引和方向。

從藝術天地落入生活日常，燈，不也時而向我閃現？有時，赴朋友晚宴後，回想尋味的並非當晚的飲食，而是入門前片刻瞥見的窗內情景：男女主人忙於備餚迎客。或者，宴後告辭之際，男女主人雙雙立門送客，他們身後的燈火，映顯出那一天豐盈的生活。

我也喜歡在宴會時刻中，觀賞主人室內的燈飾，以及燈下几案上陳設的藝玩，或者照明中牆上的字畫。這些都不意地寫照出主人經營生涯及安頓人生的心思。一個亂七八糟的居室空間，不但昭示主人無心迎客，也表明室主浮動難安的人生。

我們也可以想像坐在燈下的人，無論是祈禱或穿針引線的老母親，或者為膝上小兒講故事的現代父親，或者……專心閱讀工作的男女……燈光映照下的景象和境界，說盡人世的善美、生活的真誠。

短居台北期間訪友，看到茶几上一本《林徽音詩文集》。那陣子《人間四月天》正風行一時，但我卻始終沒看過這部連續劇。不過，在朋友家無意間翻看到一幀林徽音影像，倒是牢牢印記在心。影像中的女詩人，墊臂書冊上，微側著臉仰頭沉思。書桌上的一盞燈，映出她沉思中的靈心慧質。攝影者是她的丈夫梁思成，也只有一個親密的人才能捕捉到這種靜夜讀書的神情。

說起燈，便想到我家的兩盞。一盞是觀音菩薩的立姿彩雕，不知曾被何方人士收藏，將雕像製成特殊的燈，又被我無意中從一個骨董展賣會上買了回來。本是舊居客廳中的檯燈之一。遷來西雅圖山居後，獨據過道一方，格外顯目。燈光亮起時，燈罩成為一頂華蓋，華蓋下觀音舉手伸臂，如同普渡說法。

另一盞是自己的設計，將兩個算盤合起來成為燈座，配上一個紅燈罩，黑紅相映，十分美觀。放在依大窗而立的長枱一端。寒雨之夜歸家，還沒進屋，就看到玻璃門內那座紅燈，濕冷愁慘的夜，瞬即顯出幾分溫暖愉悅。

哲學家的預言

中文譯為《華氏九一一》的紀錄片，是具有明顯批判性和反戰立場的，竟在坎城影展中，榮獲評審會頒予五十年來未曾有過的金棕櫚大獎，頗引人思考其中的意涵。也讓我憶起九一一那天在杜勤斯機場的經歷。

那陣子文藝圈謠傳我因睡晚了，沒趕上班機而倖免於難。事實上，我們的機次是緊接著罹難的班機，當時在候機處眼見旅客們依次進入閘門，然後便輪到我們排隊登機了。等候中有人傳言班機延誤，不知何時才能確定起飛時間。我們是趕往西部參加婚禮的，無法拖延，便往服務站要求更改航線。服務小姐正專心操作時，電話鈴響。她放下電話緊張地說，機場立即要緊急疏散。我們必須在行李處認取行李離開機場。

一番騰折後又回返家中，才知道紐約世貿中心被毀。我們之前的那班飛機衝向五角大廈墜毀。那以後，華府地區，風聲鶴唳，如臨危機。

危機？時代進入了二十一世紀，不是才不久前還在大談千禧年新展望嗎？危機是屬於上一個世紀的舊名詞了。的確，整個二十世紀，危機言論持續不斷，但言者自言，行者自行，人世生活持續著，苦苦樂樂。

不過，九一一之後，回頭省察一些西方睿智者所言，不但可以再發深省，且有的已成為預言。二十世紀初葉的哲學家斯賓格勒（Oswald Spengler）在他震驚世界的《西方的沒落》一書中，指出了文化危機的的徵兆，諸如社會上過份地崇拜科學、物質、經濟繁榮。此外，性淩駕了倫理，還有末日情調的傳播（還記得美國天門教徒的集體自殺嗎？）……他最為驚人的言論莫過於聲稱：文化頹廢至極時，便可能有「第二次宗教狂熱的興起」。斯氏於二十世紀三十年代逝世，豈不是過早地預言了二十一世紀九一一恐怖事件的發生？《華氏九一一》的獲頒大獎，豈非也是一種具有哲學意涵的迴響？

而斯賓格勒所謂的頹廢文化，又何以至於頹廢呢？西方社會文化學家也曾探討過頹廢的成因和根源。其中索羅金（P. A. Sorokin）的言論，曾經撼世一時。他將根源歸諸於感性文化的墮落，間接的成因則是理念價值觀（如行為中表現的誠信、正直、仁勇……）的式微。他也將批判的矛頭指向浸濡心靈的藝術文學（可能也包括影劇）。他指責藝文表達中，荒誕代替了倫常、庸俗代替了高尚、醜惡代替了優雅、混淆代替了明晰……這種時尚潮流，無形中滋助整個文化的病態塑型。索氏逝世於一九六八年，正當所謂性解放、吸毒、集體同居（Commune）流風衍漫時期。

索氏曾預言感性文化的崩潰瓦解，但他並不對前景悲觀。他認為一種文化走到極端後便是轉型蛻變之時。當今之世，誰會料想修院的吟唱音樂會成為熱門？最近一個正值崇拜時尚年齡的西雅圖少女，投書時裝公司，希望推出少暴露的純淨時裝（pure fashion）。一個開慶生會的孩子，明言不要送禮，只每人一袋罐頭食品贈與濟貧中心。這些只是人心的星星微火，卻可能助燃未來的文化蛻變和轉型。

柔和的聲音哪裡去了？

在《西雅圖時報》周日版上讀到一篇文章，題名是：Where the Gentle Voices Have Gone？主旨在於探討伊斯蘭文明當前惡聲暴行傾向的遠源近因。

歷史上，伊斯蘭文明的眾多國度裡，人民注重禮儀審美，更尊重學術智慧。民智中天縱的經商才華，勾連會通了歐、亞、非三大洲陸。十五世紀後，西方殖民地主義興起加上「福音」隨武力廣傳遠播，伊斯蘭國度或被統據而政治分割，或因異教勢興而信仰分歧，，精神漸形屈抑。到了現代，連伊斯蘭教的創始先祖，也無緣無故遭受文鞭（可還記得《魔鬼詩篇》？）及至當前，伊戰後虐俘事件由傳媒披露的被迫裸裎和煽「性」，更是文化上最不堪的淩辱。但一般人的心目中，伊斯蘭世界只是自殺攻擊、恐怖蠻行的方域，原來的那些柔和聲音哪裡去了？

放下報紙，記起曾經聆聽過那種柔和的聲音。

一個伊斯蘭詩人、畫家、哲學家曾經這樣說：

> 誰能將行動信仰和職守信念分開來？……你的日常生涯，就是你的宗教和廟宇……走進去時，心領著一切人群（《On Religion》）。

> 不同心靈不會走在同一條線上，不會成長為單直的蘆管，而是展現為無數花瓣的蓮。（《On Self Knowledge》）
>
> 最自由的人，是將自由披戴如手鏈和肩軛的人……自由如果喪失桎梏，自由本身便成為更大自由的桎梏了（《On Freedom》）

其實，在美國，更有無數的人曾聆聽過上述的聲音，也曾感歎聲音中的深沉意義。也許正因為他們景仰這樣的心靈，要將那發自心靈的聲音禁錮於石刻，設計成椅座供人止步思味。椅座設置於石砌圓台上，台下一泓泉池。池畔塑有三兩和平鴿、一椏橄欖枝，以及聲音主體的半身雕像。圓台處位於喬柯密蔭，成為一座幽靜素樸的紀念園林。我，去過那裡。

▲Kahlil Gibran銅像。這座Kahlil Gibran紀念園座落於美國華府Massachusetts Ave（麻州大道）。

第一次去時是盛夏，拾級走上圓台，早有一個流浪漢在椅邊歇腳。我向他點頭微笑，坐向另一座石椅。我開始抄寫刻文時，他起身將身邊的手推車推入林蔭深處，稍然離去。

我心中起了幾分歉意。刻文中的柔和聲音必是吟向每一個造訪者，我實無權獨享。正午的陽光本十分灼熱，篩過密蔭，在風裡灑成幾分清涼。

最後一次去到那裡是遷居西雅圖之前。那時是秋天，泉池已經枯涸，到處散落著黃葉。偶爾西風勁掃，頓時滿耳蕭蕭。我是來惜別的，徘徊在林木間的秋，必曾見證我眉間的隱隱離愁。最後一次，我聆聽那柔和的聲音：

> 美，是永生攬鏡自照。而你，就是永生，就是鏡子（《On Beauty》）。

那座紀念園林處於華府車水馬龍的Massachusetts大道旁，是我喜觀去的地方。園中雕像就是Kahlil Gibran（1883-1931），是黎巴嫩人。以阿拉伯文思考哲學，在巴黎用彩筆畫畫，在美國用英文寫詩。「柔和的聲音哪裡去了？」你知道。

（本文中的引句均出自於Kahlil Gibran名著《The Prophet》。）

落地花

有一次開車下山，偶爾瞥見人家宅院後，繚繞出數抹金黃，襯著依舊灰冷的天空，清亮有如嫋嫋樂音，我聽到春天的訊息。

那是迎春花。

維州舊居附近，冬寒將盡時，處處可見那種金粲粲的黃枝。只因為易生易長的強韌生命力，美國人不經意地稱之為黃叢（Yellow Bush）。中國人卻因它是冬盡之際的第一道生機色彩，賦予了一個馱起春訊的美名。遷居西雅圖近郊後，那熟悉的金黃，還是第一次看到，金灼灼的光彩，照見逐漸淡遠的舊居容顏。彼時此時，行行生涯路，又幾許跋涉和躊躇？

迎春花訊後，山居一帶陸續地綻放粉櫻、玉蘭，以及尚未知名的花。然後……遍山、遍街、遍園，一下子便成為繁花世界。有一種到處可見的花，是西雅圖所在華盛頓州的州花。這種花，色彩繁麗，紅黃白紫褐都有。此花品類孳衍也不少，有的株葉高大如樹，有的株小有如盆栽。剛遷居後不久，談到此花時，常說不清那個詰屈聱牙的英文名：Rhododendrons。後來知道西雅圖一帶的人，也未必容易說得清，所以才簡而稱之為「落地」（Rhody）。

我們山居前坡的「落地」花，大大小小不下十餘株。屋後坡地也有七、八株老樹。遷居不久，老公就等不及「大開荒」，將滿地帶刺的藤蔓逐一挖除，野樹也逐一砍伐移植，終於開出一片山坡園地，開始大事種植。當然少不了「落地」花。它們都屬於常青不落葉的品類，可以省去不少園事之力。於是坡園中，大大小小，老樹新樹，算算總有數十株。

西雅圖一帶人所簡稱的「落地」花，說起來，真的是落地生根，其來源有自。它來自遙遠中國的西南地帶。因為和異鄉的環境氣候相宜，落地後便處處繁衍，向榮得五色繽紛。至於如何漂洋越海，那是和一個叫約瑟夫洛克（Joseph Rock）的人有關。

洛克原本並非美國人，他是奧地利一個貴族家僕的兒子，二十一歲時才移民美國。他從小就嚮往中國，雖然沒有唸過什麼書，卻在維也納博物館中努力自修中文。他尤其對中國西南少數民族如納西族的文化感到興趣。這就是他後來去到雲貴高原一帶歷險、搜奇和研讀的簡單背景。

一九二二到一九三五年間，洛克曾為《國家地理雜誌》撰寫有關中國西南的報導文章，並提供攝影圖片。雖然他三番兩次地離去，但仍一次又一次地回到中國。他自謂在中國的生活是一種振奮（Excitement），而美國「汽車狂」（Automobile mad）的工商社會生活是一種「無聊」（Humdrum）。中共領據大陸後，他百般無奈地永遠離開了中國，定居夏威夷從事納西文字工作，一九六二年逝世。

洛克在雲貴川藏一帶收集了數以萬計的植物標本和種子。「落地」花是其中之一。落地於西雅圖一帶後，將青山綠水的岸涯，化為第二故鄉。冥冥中也像是一種安排，我們遷居於此，也在湖山間落地而成歸宿。

「落地花」，在中國的原名是山杜鵑。

瀑布園

初遷西雅圖地區後，就聽台大同學黃美蓉說，西雅圖市內有處瀑布。那時候忙於安頓，不曾開車進城。但環城一帶放眼盡見湖山之美，市中有瀑布並非不可能。不過，想像中的瀑布，應是源出崗巒，再綿綿流向湖泊或海灣。

後來，我約美蓉去西雅圖中國城吃午飯，飯後讓她帶我去觀瀑聽泉。我跟著她走，左轉右折，穿巷越街，不到十分鐘就來到了有瀑布的地方，但並非我想像中的瀑布。她說的瀑布確是在城內，也是在園中。那就是西雅圖市區景點之一的瀑布園（Waterfall Garden）。

瀑布園處於第二大道邊緣。平時若開車往返，大概不會有人注意到那個城中的園，況論園中之瀑？那個園是由高樓邊牆和鐵質高柵合圍而成。圍成鬧市中一片幽隱。踏入鐵柵小門，迎面一抹清涼中，但見花木扶疏日影，恍如人家苑庭。「庭」中這裡那裡，散設小桌和座椅。高牆相接處，冒出那道大瀑布，嘩嘩嘩，飛霜濺雪石岩間。水聲濾走了園外市聲，讓人忽覺心遠地偏。

瀑布是由五千加侖的自來水經由馬達機動而成，持續過濾回流，是一個帶有環保意識的人工景觀。不過，這座瀑布園並非市府公益建設，而是由一個私人基金會在私屬地基上，聘請專才於一九七七年設計興建；目的是讓西雅圖地區任何人，無論大公司經理也好，競業奔營的小員工也好，或者無家無業的流浪者，都可以來此歇歇腳、靜靜心，做做白日夢，看幾頁閒書……。

我和美蓉進入瀑布園時，有一家老小正圍坐瀑布前小桌談笑。我們略事觀覽後也擇位坐下閒話。臨去之際，彼此攝影留住身後瀑布。那家人的大男孩忽然走過來，問我們要不要合照留影。那份小小善意，使園中氣氛頓添人情。

說起來，瀑布園的興建，最初的動機也就是那樣一份善意人情。園地所在，是美國UPS創始人凱西先生（Jim Casey）開始遞送服務業（Messenger Service）的原址。一九四八年，凱西的UPS事業宏盛，為紀念母親而設立安妮凱西基金會。該會初衷在於鼓勵濟助清寒子弟，後來引伸出家庭教育和學童心理保健有關的眾多慈善機構。

當年，凱西先生為母親設立基金會，想必是感念母親劬勞教養之情。這樣看來一個具體行為表達的背後，有多少人生歷程交織、心靈情愫相繫的綿縷影響！的確，從精神深層面來看，人，並不是像通俗口號所喊的「獨立自由」，也許正因此，才有家庭親倫、社會責任、人際情誼、甚至國際信守。

凱西先生本也可以在UPS發跡的原址上，興建一個揚名弘譽的紀念館或博物館什麼的，卻建造了一個造福平常百姓的休閒場所，沒有一份對社會回饋關愛的情懷何能至此？UPS已是一個全球性的大企業，而企業，也是有個人面目的。如安然（Enron）表現的貪婪、謊騙，在受害者心中豈非面目惡毒醜陋？凱西先生於一九八三年逝世，享年九十五。瀑布園的水聲中，你可能也聽得出一種心聲。

陸榮昌博物館

許多年來三地兩岸間往返之際，因陪丈夫順道探望親人家族，總會在西雅圖地區小住幾天。但對這裡的中國城始終印象模糊。遷居於此後，又因無須去中國城買菜或吃中國飯，也極少開車越湖造訪。

其實，西雅圖的中國城是頗具特色的。僅由它的英文名看來就已顯示不同一般：China Town: International District。一接近中國城地帶，就可以看到燈柱上盤著彩塑的龍標誌。但「龍」的盤踞間，有不同族裔營業共處——日裔、韓裔、越裔和菲律賓裔。不過對於我，這座中國城最大的特色是，其中有因一個中國人的偉願宏觀而創建的博物館，那就是陸榮昌亞裔博物館（Wing Luke Asian Museum）。

有一次奉朋友之意去特指花店買花籃，問清地址後，我找到中國城那家花店。等我在花店中安排好花藍之事後，出來時天空正下著傾盆陣雨。我在隔鄰建築入口空地避雨閒眺之際，瞥見牆上玻璃框欄中貼著佈告：「Beyond Talk Redrawing Race」，那是一則藝術展的標題。這項展覽就在佈告牆的建築內，而這座建築就是陸榮昌博物館。

展覽雖大多屬於裝置藝術，也有不少是繪畫作品。展覽場地上廣大的屋頂空間，懸著三件中國民俗文物——一艘龍舟和兩條慶祝年俗的舞龍。文物「天空」下，隔間曲折中的藝術作品，出自不同族裔心靈，包括非洲裔。於此意會到展題含意中的Race已不限於亞裔了。旅裔背景儘管不同，但求生存過程中遭受歧視和迫害的苦難經歷是一樣的。不過展覽所展現提示的是：苦難不是回顧過去，而是勇敢前瞻，並錘鍊出生命宏觀。

繪畫之一的寫照中，一對華裔夫妻在全球反伊戰的洪濤闊浪裡，參與示威行列。臉上顯示的凝重悲情，何異任何國度的示威人群？此心同，族裔間「異」在何處？另一繪作所顯示，是身世中帶著奴隸憾恨的非裔，從紐約鐵柵窗畔沉重哀慼地觀望世貿大樓被毀後的廢墟，全心悲憫都付於受難者及其家族。

不必回顧殖民時代的民族苦難了。苦難，何曾只限於某一族裔？猶太人在納粹歐陸有集中營的死難，日本人在民主美國有過集中營的屈辱。展覽中最大的一項裝置藝術，顯示了當年日裔無辜被遣集中營的歷史瘡痍。這「瘡痍」裝置的背後，更有一八八六年西雅圖中國城的歷史痛楚——在一片反華歧視聲浪中，華裔被迫遣出境。

而歷史外，人類不必重蹈覆轍，當務之急是重構人類生命的整體宏觀。天地間一切「存在」都必須相互資依而成立。一切生命都相濟於冏冏宇宙的地球舟。生態學、氣象觀察都在間接促使整體思維模式。「敵」「我」心態所成的分割析離疑懼，是心靈的愚執，無明和障礙。

陸榮昌就是一個高瞻闊視打破執障的人。他在西雅圖華盛頓大學攻讀法律後，執律師業，旋被任命政府職掌民權參事處，隨後民選為第一個西北區華裔市議員，可惜一九六五年死於機難。但他為華裔參政，開了偉步，三十多年後的駱家輝成為華裔州長。

【後記】

陸榮昌博物館已遷往新址。新館中設有展覽室，圖書室，會議廳，禮物部等。顯示了博物館的文化新貌和重要性。這座新館原建築本是早年中國移民興建經營的酒店，曾是當年新移民落腳奮鬥的踏腳石。新館中保留部分酒店舊樓，以及當年移民居住的現場，可另購票參觀並體驗昔時移民艱苦生活現狀。

新館所遷地是在中國城的South King Street。

收藏家的梵谷畫

荷蘭著名收藏家克蘿萊穆勒（Kröller-Müller）夫人，所建藝術館的現代繪畫作品，在西雅圖藝術館盛大展出，成為暑期文化界一件大事。

展覽主題是：「從梵谷到蒙德里昂」（Van Gogh to Mondrain）。由整個展出作品看來，可說是西方繪畫藝術的一種發展過程引證：由古典寫實開始，歷經梵谷、畢卡索等的創新，到蒙德里昂剪貼圖案性的冷硬抽象。看一回展覽，如同走過一個世紀藝術心靈的流遷變革，直到進入形式主義的死胡同。藝術既是人類心靈活動的形態之一，藝術世界就必然不是封閉的象牙塔。當藝術禁錮於形式的孤立中失去和觀眾心靈溝通的可能性時，也許就到了面壁反照，必須尋悟另一種創作生機了。

收藏作品間雖然貫穿了一條歷史線索，大多數藝術家作品展現都顯得零星，只有梵谷繪畫集中展現出完整感。作品一共二十二幅，儘管不都是世所周知的著名畫幅，我們還是可以從畫幅主題體認梵谷的感情思想。

《木匠家的後院》（Carpenter's Backyard and Laundry）一畫，梵谷擇繪民居日常生活洗濯，讓人感觸到他對貧苦百姓的一貫同情（還記得名作《吃馬鈴薯的人》嗎？）。還有《雨中墓地》（Cemetery in the Rain）我們也可捕捉他對死亡的沉思。兩畫底色都是暗黃，像是他賦予人類命運的色澤。

收藏作品中最著名的是那幅《夜街咖啡座》（Café Terrace at Night），畫的是法國南部小城夜景：街邊待客的桌椅、樓屋的燈火、星光下的人影，寫盡人間生活的美好安寧。梵谷其實是熱愛生命的，即使在人生最後的灰黯階段中，當他從精神病院看出去時，啟示他作畫的是繁花茂葉蔥蘢蓬勃的園景：《The Garden of the Asylum at Saint Rémy》。梵谷的許多風景畫，都呈現一種內在不安的精神色彩，連星星太陽月亮都帶著旋動的情狀。而那幅園景卻顯得風定人靜。他出院後七十天便長辭人世。總之，梵谷的創作表述了他內在情愫，情同此心，引發共鳴自不待言。

那天，看完展覽後，在咖啡廳隨便買了飲料小食，坐下來翻閱簡冊時，發覺每一張桌檯上都放著一瓶向日葵。一般說來，畫家較偏愛玫瑰百合之類的柔妍花卉。梵谷卻獨取帶點粗豪剛健的向日葵，或其他呈現生命韌力的野花野草。當年，梵谷在法南艾爾斯（Arles），想和好友高更創建有別時潮的畫派，向日葵成為他一時理想高昂向陽的象徵題材。高更後來因兩人性格不合而離去，梵谷的理想也隨之消潰。久居大溪地的高更，逝世前思念亡友，畫了一枝躺在空椅上的枯萎向日葵，其中意涵，不難想像。

咖啡桌上的向日葵體型很小，顯得文弱，但也可想知藝術館人士的用心。正如中國人見到梅花，會想到愛畫梅花的王冕，或者梅妻鶴子的林和靖。看到菊花，也常連上歸去來兮的陶淵明。西方人看到向日葵，恐怕鮮有不聯想到梵谷的，這種以花喻人（不是神，如水仙神話）的例子，我不知道在西方文化裡是否還有其他？

烏怖儸

在西雅圖北區華盛頓大學的西緣地帶，一個名Fremont的小鎮，近年來成為年輕專業人士或家庭的購居地。市容看上去雖有點老舊的感覺，但因社區的逐漸年輕化，小鎮文化精神顯得「前衛」。在這裡，你可看到一座銅鑄的列寧造像立於街蔭。那個原是共產國家的「偉大人物」，怎麼會跑到死對頭的美國來呢？

▲小鎮上的巨大列寧銅像。「他的」身後是民眾生活常去的冰淇淋店及小餐館。（友人吳燕美攝）

原來，「列寧」本是座立於蘇聯老大哥控制下的捷克首都，蘇聯解體後，捷克人要「他」滾蛋。而「他」的祖國又變得那麼窮，日常生活尚且艱難，誰要管那龐然大像？於是被一位有心的西雅圖富有人士收購回來。可放在哪裡呢？這裡的人不要，那裡的人也說「不行」。只有Fremont的人沒有反對。於是，「他」便從「一代偉人」變成小鎮街頭永遠的homeless。

相對於獨踞的「列寧」，小鎮上還有一座代表平常百姓的泥塑群像，看去像一夥候車的人。那種凝駐於時空中的「等候」，引起小鎮居民的關心，在不同季節為塑像作不同裝飾。讓「等候」不會顯得太無奈，讓時間不會顯得太無

▲Fremont小鎮上的平常百姓的泥塑像，常有好心人為他們「打扮」，有時看起來像街邊的流浪漢。

情。我看到「他們」時，手上擊著彩色氣球，在暮春的晚風中飄然搖動。

伊戰以來，小鎮街邊又有新作——一座塑膠雕品，遠看像是人體，近察才看出是一面風捲的星條旗。星條下方是各種武器——火箭、坦克、詐彈（Smart bomb）……僅把上述三件「作品」加起來看，小鎮的心靈風貌便可以把握了。

為小鎮心靈更添色彩的，是那座名Empty Space的劇坊。劇坊自稱「非凡」（uncommon），指的大概是上演的劇型劇種吧？五月以來，那裡就演出一齣我從沒有聽說過的舞台劇——烏怖儸（Ubu Roi即King Ubu）。朋友的朋友去看過了，勸我們別去。他們認為劇情莫名其妙，污褻喧噪不堪。一定要去的話，就選位靠門而坐吧，萬一不能忍受，還可奪門而逃。

我們還是去了，晚了大約十分鐘，在第一排空位坐下時，台上眾聲高喊：「烏怖！烏怖！」混亂中一個國王模樣的人倒地，一個「大草包」黃袍加身。那就是烏怖儸了。烏怖成王後的現像是：權力濫用、肉慾橫逞、貪婪無厭……以至國土崩傾。喧噪息後，演員們齊立台前，輕唱：「America the Beautiful……」一聲Beautiful反射出整個劇藝完全沒有Beauty可言。無論角色造型、肢體動作、語言道白……極盡怪異、粗鄙、猥穢。America the Beautiful……你至此當知劇中的政治諷喻了吧？要是你因不能忍受而中途離席逃去，也未免可惜。

歌唱完畢，演員們魚貫下台，這時，台左下方那個獨自操奏樂器和音響的樂師，起立面對觀眾；說：「哎，我晚了，請將台幕拉閉吧！」於是，這個最後的「演員」，道白後隨即隨眾而去。扔給觀眾幾響餘音：適才台上那幕醜惡世間，不過一場舞台摹演罷了，你們觀眾去見仁見智吧！可在這裡，Fremont小鎮，你得學習開放與年輕……

烏怖儸，聽起來十分後現代？其實原劇公演是十九世紀末的法國。當年是一場文化大地震。劇作家Alfred Jarry還是個年輕小夥子，但他預見末來世紀的黑暗頹廢。他自己呢？長髮、酗酒、奇裝異服……死時才三十四歲（1873-1907）。

藍莓田

從我們山居涼台前望，西雅圖市樓近如咫尺。但居地所屬，是西雅圖隔湖而東的美景市（City of Bellevue）。所以稱為美景（Bellevue），不僅因為湖光，也因區內的山林與田園。

從前的美景地區，只能算是西雅圖的近郊小鎮。二十年來的發展，逐漸蔚為城市。地區人士因環保意識深植，在環境規劃上保留了不同的綠化帶。或為森林公園，或為叢藪湖泊，藍莓田即是諸多綠化帶之一。離我們居處不遠的藍莓田大約有十五英畝，環繞一個名拉笙湖（Larsen lake）的水域，是當地實業遺產留供的社區園，由市政公園部門管理，並由從事農業人士簽約經營。

定居後，經由一四八號大道去超市或百貨公司。常不免側首去看大道右面那一大片叢藪田園。後來得知那就是藍莓田。田園入口處的農舍建築，平時空寂無人，只有在夏季藍莓成熟時際，農舍前的攤台邊就開始熱鬧起來。人們去到那裡買花、買蔬菜、還有一盒一盒的藍莓。而且，你如果不那麼匆忙，便可以在攤位上簽個名，由攤主處拿個膠袋或籃子，沿著「自已採」的標牌去採新鮮藍莓了。

有一次，日正當中，我去採藍莓。

取了籃子，拿了一張路線圖，路，是褐色木屑鋪成的軟徑。踏上去，全無聲音。就那樣，靜悄悄，走向藍莓田。

進入藍莓樹叢，才知道這些林藪並不像從車道上看去那樣低矮，而且比人身要高得多。正午時刻，採藍莓的人寥寥無幾。稍一深行，藍莓田中就像只有我一人。

夏日陽光爍爍，但地厚天高，湖風徐拂，感覺上一片清和。因為尋採藍莓，腳步放得很慢，眼光也敏銳細緻起來。藍莓的果並不都是藍色。過程上，幼果色彩由青而黃而紅，成熟後才變為微透紫色的深藍。熟透了的藍莓，只要伸指經觸，便會圓溜溜地跌入手中。採藍莓的人盡可合法地隨採隨吃，但久而久之，便會忘記田藪中豐盛的甜，而盡情尋味田間的幽勝。

抬頭伸手採藍莓，晶藍的天幕上浮突著疏枝，綠葉，彩果，忽然覺得自己的手不是在採果，而是像揮筆畫畫，畫出天的笑靨，地的慈顏，也畫出天地生生之德的感恩。孔子的感言，忽然如噓耳邊：「天何言哉？四時行焉，百物生焉。」

藍莓田裡，千秋極樂和寧靜。

我在藍莓田的腳步，踩得太陽都斜了。回到攤邊遞上籃子秤重，藍莓竟有兩磅多！

等待小販找錢時，我隨意顧盼，瞥見原來無人的舊舍前，來了一對白髮老夫妻，雙雙坐在涼台吊椅上，輕搖望遠。小販將零錢交我時，見我出神，似有所會地告我，他們都快九十歲了，少時常在此田摘藍莓。

我離去時，回看他們還在搖，搖哦搖，搖走了歲月，搖來了回憶，搖出了藍莓田上百年甜蜜。

那晚，大家去聽詩

西雅圖市區，一座老教堂改設的市民廳（Town Hall）裡，那晚，老老少少千眾一堂，坐著、站著、靠著，大家靜待一場文化情事：聽詩人誦詩。

詩人是格瑞。希奈德（Gary Snyder）。

在這個紛爭競汲、步伐快速的時代裡，還會有多少人記得這個名字？何況，二十年來，詩人不曾發表過隻言片語。不過，從那晚擁擠的情況看來，光陰，並不顯得無情。

格瑞。希奈德生長於西雅圖郊區小鎮湖城（Lake City）。那個時候小鎮還是一片農地和森林。他十一、二歲時，常獨自去到父親農莊附近的森林中露營。從那裡看山、看水、看落日，或者賞月觀星。雖然是個鄉下孩子，卻因地緣之便，可以步行去大學圖書館借書、去市區藝術館看畫。

有一次，他在藝術館中國部門看到傳統古典山水畫，覺得畫中山水和在森林山野看到的現實山水，同樣親切生動。一陣訝異感動之後，他又去到西畫部門去看歐洲山水畫。奇怪，那些油畫對他似乎不關痛癢。其間，究竟存梗著什麼原因呢？也許，一是透視構圖的客觀物象，一是神遊感觸的水魄山魂。

隨著詩人的成長，西雅圖市周圍的農莊和林木，逐漸被砍伐夷平。他童年少年時熟悉的自然，都在所謂「發展」中消失。中國山水畫的靈動，固已長久銘心，現實景物的遷喪，也有刻骨之憾。於是，他從生命中抽理出兩條路線———學習中文，藉以探索把握中國傳統詩畫的境界和哲理。然後就是堅定環保意識，並積極倡議自然保育。在行為實踐上，他開始反戰、反奢、反商業主義、反無限「發展」……

研究所階段以後，他闖進了加州柏克萊大學校園，在當時陳世驤教授的中國文學課中做旁聽生。就那樣和灣區藝文圈結了緣。這期間，他偶爾讀到寒山（唐代詩僧）的詩，驚訝遠在中國唐代人的詩作，一樣能讀得懂，而且親切感動。於是他將自己的意會，用英文寫下，然後對照原句，看是否有什麼出入。就那樣，他開始了翻譯寒山詩。

寒山詩曾在美國年輕人之間掀起一陣熱潮，推動著崇尚本真、言語粗放、抗拒流俗的嬉皮運動。那時的嬉皮士恰如寒山詩形容：「貌不起人目，身唯布裘纏。我語他不會，他語我無言。」而嬉皮士所嚮往的也如寒山所言：「心意不起時，內外無餘事。」那種灑脫自適。

不過，嬉皮運動如潮水湧來，又如潮水退去。當年的嬉皮士在步入「而立」、「不惑」後，大都成為逐金求利的社會「同流」。而寒山詩的譯者，始終堅執信念：簡衣粗食、致力環保、倡議人道，撰寫有關自然、生靈和市井日常的詩篇。有人批評他的詩不合時宜。可是，詩的表述有規範嗎？個人理念感受所融鑄的人生哲學不合規範嗎？他的思想、價值觀以及行為，的確和社會主流相違逆。但他認為Dharma（宇宙萬法、真如、道）的歸旨是活得真誠負責，而且有豐富的心智來感受「四時行焉，百物生焉」……有人將他界為自然詩人或嬉皮詩人，但他說：「我是佛教詩人。」

詩人的確是個佛教徒，曾在日本學佛參禪，有過一天靜坐十小時的紀錄。問他如何能做到的？他答：「被逼出來的嘛！」他並不贊同長時靜坐，認為那是宗教特權的階級性的行為。人人都那麼坐著，誰去種蘿蔔番茄呀？修行，其實就在工作的專注歷程中。他自認遵循了「一日不作，一日不食」的禪門清規（唐代百丈懷海禪師始定此規）。一年之中，他應邀教課、演講、誦詩或者種植、砍柴、修屋、採果……只有在冬寒雪封之季，約有一個月的時間，他才獨自閉門讀書。他認為這也是工作，督促自己和古今中外詩人哲人對話溝通，為養心而貯積情神食糧，一如為活身而賺取物質食糧。偶爾有感，便信手寫下一些詩思短句。這些詩思短句累積成二十年來的生活痕跡。而這痕跡，就是那本新近出版的詩集《高處之寒》（Danger on Peak）。

我在馬利蘭州立大學教書時，有一門課是英譯中國文學，所用課本是當年柏克萊大學東方語文系主任白芝（Cyril Birch）編選的《中國文學選粹》（Anthology of Chinese Literature）。

在標題「隱逸詩」的篇頁中，選了寒山詩，包括一篇有關寒山的傳奇故事。詩和故事的譯者就是格瑞·希奈德。講解這些詩時，當然也涉及譯者的有關資訊，並談到他創作師從或典範問題。希奈德認為他寫詩獲益最大靈源，是來自中國傳統古典詩作品。此外，印地安人的口語謠諺、印度古典梵文詩篇也啟發了他的靈視幅度。他是一九七五年普立茲文學獎的得主。

我遷來西雅圖地區定居後，時空的轉移，變換了心境，偶爾回首教學生涯，總不免喟然興嘆。忽然聽說格瑞·希奈德要來誦讀新作，不斷推向往昔的課堂日子，彷彿駐足相召。曾經僅是課本上的寒山譯者，即將成為現前眼中的朗誦詩人，何其難以思議？便購票去參與這一盛事。

說是盛事，又不免有幾分世事炎涼感。詩人來誦詩，目的是為西雅圖僅存的詩集出版社Copper Canyon籌募經費。社會上，政治獻金何止一擲萬金？有誰會慷慨資助這一冷門文化事業？而讀詩買詩的人又都是少有餘裕的小眾。這個出版社年年都需要文化界人士襄助，或者邀請詩人作家演講或朗誦籌募經費。

那晚，千眾一堂，等待詩人出場。

詩人出場了，白鬚白髮、瘦削挺直的身型，牛仔褲、夾克、白襯衫。赤紅的膚色透露出生活中的戶外辛勤。有人打趣說他定是個印地安人。田野間成長的詩人卻也認同印地安「土著」根源，他希望在美國生活的人都能認同這一根源，共耕此土為家園。

七十四歲的詩人，面對聽眾，開始用他宏厚的聲音朗誦詩篇，聽眾也隨著聲音進入詩世界——

去咀嚼生活日常：

在德州奧斯汀機場行囊邊等待
接我的車子還沒來……記得，
今年十月二日是滿月
我吃了月餅，就睡在涼台……

（《等待》）

去沉思宗教終極意義：

即使在電光石火前
也不眨一下眼
巴米揚的諸佛啊
紅塵下寄身

（《巴米揚之後》，二〇〇一年三月，
回教徒炸毀唐玄奘記於《大唐西域記》巴米揚谷中的大佛。）

去感悟生生死死：

她因公趕去赴會……在帕妲露瑪河之南的一〇一公路
上，一輛超速車置她於霎時死亡
白色的鷺鷥站在那兒，總是站在那兒，在帕妲露瑪河的
流水邊

（《紀念妹妹安絲柯玲・希奈德》）

詩音盡處，一片靜寂。那晚，千眾廳裡，你聽得見一枚針落地的聲音。

第三部

往事如詩

▲廚房的桌子上，總放著我那台老爺相機。每見窗外有特別的景象時，便順手取機拍攝。下午日色將樓角、欄杆投影鄰牆，昭昭隱隱，如畫如詩。

冬暮

窗畔夕照裡
獨坐半屋冬殘
凝眸處
斜輝無限
雲天曠遠
幾抹微霞
彩繪著白晝最後的時光——
　三分依依
　七分惆悵。

枯枝上
寒鴉數點
馱不住夜的信息
在凜冽的暮空裡
不經意地曳落幾線淒涼
鈎出她窗畔的身影——
一半兒隱約
一半兒伶仃

柳

只須那數縷笛音，
便吹破水心
牽揚千絲萬緒。
不奈臨流照影——
怕見輕盈，怕惹離情
但偷簪半彎眉月，輕拂一身露冷
想喚回
東風外的殘夢
河堤上
立盡曉霧晨煙。

陰晴二章

她想：「這種陰雨連綿的天氣，似乎才真正屬於我。」

時間在瀟瀟雨聲中，在沉沉雲天下，似乎凝定了；不像在晴麗燦朗的日子，銷縱即逝。

當她坐在屋中一角支頤眺望雨景時，心中也像漫天陰霾般塞得滿滿的，有一種奇異的豐富感。而在晴空萬里的時日；心，像陽光，蕩蕩的，沒個方向。

偶而一陣風吹過樹梢的新綠，她知道陰霾的沉重，壓不住新春的蓬勃，宇宙中自有那一脈相承的綿綿生機，料峭春寒正滋長著長夏一季豐盈。

電視機內傳來觀眾一片喧嘩，「丈夫看球賽已兩三個鐘頭了！」

樓上小提琴的伊丫早已停歇，「女兒又出去尋遊伴了！」

她坐在窗畔看自己手植的花草，正淺淺午寐於三月豔陽。移目窗外，新葉已然青蔥。更遠處，是藍天，是藍天以外的無限時空。世界依然遼闊，怎奈生命長在斗室中盤桓？她的眼光跌回窗畔，泫泫心裡幾點蒼涼：

「唉！寂寞豈僅是嘆生華髮！」

流光

屋角半方局限裡
她靜靜地坐著
窗外傳來孩童們無拘的喧笑
「遠遠地去了，那長逝的金色垂髫！」

車子在紅燈前停下
偶而側首鄰車的一對情侶趁機擁吻
加速引擎
掌握中的方向盤逕向前程引領「何須嘆息？
遙落身後的自是青春的綺旎。」

走過超級市場琳瑯貨物的行列
恍然聆聽
一對夫婦籌點著週末的餐宴；
「三分香料、五分糖、七分麵粉……」
噢，生活渣滓中貴於品嚐的
原是煉火中烤炙成的那個「圓」

院中玫瑰的新蕾刺破了手

噙著鮮血，泫然瞥見

鄰院陽台上的白髮老嫗

煢寂地被鑲在午後夏日的茫燦裡

「唉，何需神傷？

逝去的不是流光！」

生活與沉思

天空凝一硯淡墨
枯林豎無數筆峰
描不出我駕駛盤上的方向——
　百貨公司
　糕餅商店
　超級市場……
生活是個漩渦
豈容你低迴盤桓？
　華年如夢　人生苦短
噢，且不去想！且不去想！

你怕你與生的才華會就此埋葬；
　埋葬在生活的瑣碎中
　埋葬在無頭無緒的匆忙中
　埋葬在在自覺羈絆的憂思中……
你也該想：
　在供給你成長的歲月裡
　多少智慧沉埋了

　在你接受教育的過程中

　多少才能湮逝了

　在你享受閒暇的時日裡

　多少嘆息吞咽了

你之成為你

是無數人的智慧、才能、感嘆所塑造的

你的生命只敘述著

無數年代中無數人們的小故事。

茫點上

很久……很久……
很久以前人類披荊斬棘
要拓開大道，收穫文明。
於是——
天地間有了神祇
田野上有了阡陌
人間有了倫常
生命有了指引。

很久……很久……
很久以後
人類奢想妄行要征服宇宙
雕琢時空。
於是——
四個方向之外
便出現迷惘
萬千徑途之間
更只有徬徨。

偉大的心靈
被扭成了悲哀的問號，
懸立在歷史的茫點上：
空嘆舉世滔滔。

好個秋

點燃萬樹秋光
任千山燒盡
人間蒼涼。
別說韶華易老
看長空雁字
寫盡多少永恆消息——
於古今蔚藍。
剪一片大地錦繡吧！
裁作霓裳。
好共西風
舞醉漫天斜陽。

母與女

她軟軟的唇
在媽媽頰上
印一個小小的吻……
　　暖開了一個花的世界

媽媽的雙眸
泛無邊馨煦
用雙臂的溫柔……
　　織一帛生命的錦繡

雷雨夜

窗幕深垂的窗隙邊
閃進白晃晃的雷電
照亮仍睜著的雙眼——
　正思索從前。
雷聲隆隆風呼嘯
狂雨急敲夜窗
催著記憶去翻理——
　亂麻思絮。
幢幢黑暗中
理出舊日湮遠
攤開那一段當年——
　你我相遇又相離
　有緣更無緣

夏醇

夏醇
醉綠了原野
也燃燒起
情人蕪蔓的愛。
禁果
鮮艷的甜
終於品嚐了。
赤裸的心
仍在夢的邊緣
繾綣……
濕熱的風
輕舐酡顏，
凝眸處：
　兩個失落的靈魂
　一個顛沛的年代。

蟬夏

深深的黑暗方寸間
蟬，在地下秘密經營。
我們不知道牠經營什麼？
　又怎樣經營？
我們知道的是
那歷程中的十七年光陰。

十七年過去了，
蟬就完成了牠自己。
一步一步，由黑暗邁向光明——
　出土、上樹、脫殼、展翼。
在濃蔭中試聲
唱高了暑天，
唱熱了田野，
唱啊！唱啊！
用十七年經營而來的生命，
就那樣，一聲聲
在炎日如火裡

唱完，燒盡。

十七年的漫長黑暗

換來五個星期的韶光。

五個星期裡，

每一寸光陰都是喜慶——

　尋偶、交配、產卵

來完成一「代」蟬夏。

然後，幼卵落地入土

回歸生命的來時去路，

好又去重新經營

另一個十七年的秘密。

【後記】

「十七年蟬」又來了！滿耳盡是蟬鳴。這是我在美國所經歷的第二蟬夏。所謂「十七年蟬」，是蟬的一種，黃翼、黑身、紅睛，比在國內所見蟬略小。據報載，這種蟬的幼卵，在地下五、六尺深的泥土裡，每十七年出土而成鳴蟬。牠只有五個星期的生命。科學家無法解釋這「十七年」的週期性，也無法瞭解牠在地下的成長活動。只能稱之為自然的奇蹟。「十七年蟬」無害於植物，且因數量繁多，易為飛禽充食。在地下潛伏時期，也有益於土壤。

寫於維州　一九八七年六月

午眠

枕畔
惺忪
微睜雙眸。
細紗窗外
遙見
院中老楓
披一身歲月的雍容。

秋涼
瑟瑟
梳落葉葉嫣紅。
翩飛
飄舞
是我撕碎了的
彩色午夢。

暮

落日

向西天

斟一壺五色酒

將黃昏飲醉

嫣紅漸褪

曚曨未央

夜幕拉上了

宇宙化作溫柔鄉

且拾起零碎舊夢

投入太初的混沌

你和我，再重塑

一個人類故事的起源

汨羅魂——端午節懷屈原

攀援著歷史的繩索
在時間的化石層岩上
我越過
二十四個死去的世紀，
踩進了
戰國局面的崎嶇，
追隨你——沿江漢、沿洞庭
東走，南轉，北行。
你，憔悴行吟
何嘗悲已？
悲的是
時代、祖國、生民。
千秋萬歲的運轉和推移
世界依然割裂分岐
權力鬥爭
仍在人性的貪妒中
此起彼落
而「天下」，已不再只是「中國」。

炎黃子孫，奔波營命

走四海，拋家園

比你流浪得更遠，更遠……

遙想當年今日

你含恨含冤

汨羅水底沉淹死去，

龍舟競渡的善良百姓

撈不起你的身軀

撈起了

你的精魂一縷

揉進奠祭祝禱的心香

讓你的忌辰化作端午

一代一代

要嚐盡你的悲苦

讓中國在「傳統」綿衍中永固。

海外，歲月一樣悠悠

日曆上，一樣有端午

只是少了艾草，少了雄黃酒

更沒有鑼鼓喧天，龍舟競渡。

海天遙闊裡

你的精神，你的詩，

將我的炎黃命脈
絲絲縷縷
向彼岸繫連接引，
即使我埋骨異地
魂兮歸去
杳杳來時路
依然可辨可尋……

寫於維州　一九八七年

白梨花

一定是去年的雪
在冬天蹣跚離去時
一轉身溜走了，
忽然遇到春光
消融了冰寒
只好結束流浪，
披一身素潔縞絲
輕輕盈盈
飄然掛上新枝。
也許不是雪
是晴空裡的雲
遊蕩得疲倦了
就朦朧睡去。
夢裡，
白絨絨一團溫柔
被春風揉碎了
撒下塵寰
綿綿依展樹上。

早茶

清晨，打個呵欠，
就吐盡了
那在朦朧裡的
長長八小時睡眠。
廚房小圓桌上，
瀉滿了陽光——
　一泓金色的小池塘。
窗檽吊蘭
縱橫畫影，
像水草
在池塘裡盪漾。
池水上，浮起五色島——
　葡萄柚、草莓醬、烤麵包……
全屬於物質
釀造著熱能
供肉身去跋涉人生
只有那杯茶，
端在手上——

一圈蒸餾過的小太陽。

舉杯喝下，

就照亮甦活了

昏蕪心田一角

那朵詩的靈葩。

附文　人人都是詩人

為什麼要寫詩？真的從來沒想過。

好像那是一種天經地義的事。是人，都要寫詩。

因為，人的世界裡，有語言、有文字、有音樂。

將語言淨化而成一種精簡的文字。將文字組合而成抑揚頓挫的韻調，吟之、誦之、歌之，就成了詩。

鄉村的牧童，吹起一管短笛，打起幾句山歌，那不是詩嗎？街頭的兒童，騎竹馬、踢毽子，哼著伊伊呀呀的兒歌，那不是詩嗎？田中的農夫、路邊的苦力，汗流浹背，奔勞營生，也能吹起口哨，哼著小調，那不是詩嗎？又何況打起黃鶯兒的少婦，戀愛相思中的少年？還有，白髮老祖母，戴上老花眼鏡，穿起針線，在冬日陽光裡回憶從前，那樣的心事，不是詩嗎？

詩，原就是生活大千裡，各行各色的心靈表現。誰沒有生活？誰沒有心？

所以，我也寫詩。

我曾是兒童、曾是少女，是洗灑烹調的主婦，是營命謀生的工作者。我，一樣有自己的心聲。

觸動我寫詩的媒介，是幾本泰戈爾的詩集——新月集、漂鳥集……文字上都淺白平易。既然看得懂，就覺得大概寫來也不難。所以，一開始，詩對我，並非高不可攀的東西。要是當年看不懂那些詩篇，將「心聲，」鑄成文字的心念也許就不會產生。

人人心中有詩，只是，不一定人人都將「心聲」譜成文字。

萬聖節之夜

踩著秋葉
他們來了——
步聲沙沙。
門開處：
鬼怪、妖魔、夜叉…
哈哈哈……
面具下的童心
綻開了
金色的「神通廣大」。
「要給糖呢？要搗蛋？」（Trick or Treat？）
他們做出「權威」吶喊
我們呢？
都甘心屈作「順民」
將甜蜜的祝福
全「盤」奉上。
他們轉身走了
留下樹影——
索索階前

關上門，鎖上心扉吧！

只有短暫的今夜

魑魅是扮演

權威是無邪！

尋人

枝柯

撐向天穹

在灰藍中

寫著褐色的字

上、下、左、右

縱、橫、參差，

全是我要穿雲投遞的信息：

你

在

哪

裡？

電話

二月的早晨
雪後的陽光璀耀
電話響處
撼落滿屋寂寥。
電話那邊，傳來你的低言
牽引出十五年的湮遠：
　「記否？記否？我……易文」
我怔然攀過時光的長橋
極目窗外——
殘冬未過，春訊還早。
你不顧我的遲疑
低低訴說別離；
別離的歲月裡
　有你的學位、你的工作、你的婚姻。
要變的，全都變了
不變的，駐足難移——
　當年，你用全部青春的燦麗
　固執錯鑄的愛情。

天涯走遍，你回到傷心起點
想忘卻，不曾忘卻
藉一串羅馬字的絲紐
鈎起那十五年的斷絕。
而我，而我……
遙遠、恍惚……
隔著電話，隔著悽楚
隔著我們都走過的人生長路
我只能為你祝福
只能說再見
一如十五年前……

風

溫柔了天地心情
讓春天展開渦渦笑意
漾出五顏六色的花訊

調成綠意盎然
催夏果發酵膨脹
撐出千壺生命甜漿

吹落葉以成笛音
伴高秋強歡買醉
舞竭遍地淒清

掃盡物華殘脂敗粉
披皜素靜待黃鸝歌音
啼破無色的最後夢境

最後一季夏

去秋
西風掃斷的一柱殘椏
我拾起，豎入籬角
星冷的夜晚
掛上一盞燭燈
昏黯的光暈
映出一圈地老天荒

今春
東風吹甦的一株野蔓
顛起貓步繞上秋椏
瞇暖了陽光
蹲成一蓬慵懶
然後，一拱腰
撐出二十世紀最後的炎夏

秋雕

後院獨坐，聽秋風
時起時伏
像濤音傳自遠處
心潮，漾成旋律的抑揚
一渦一渦……
漣散波擴成海

喬楓流著彩淚
灑落身邊
要將心境調染成畫麼？
無奈黯然如許深沉
撈不起釜破的笑靨

你究竟在愁什麼呢？
蕭索，張羅撒網無處可逃
就那樣坐著吧！也好
坐成一塑秋雕
鎮住年光的殘局

如休止符
結束一千年最後的長季

殘局，總會收拾而成終局
沒有終局那有夷始？
凋零的種子等待入土
埋葬一生一世
凜冽後爆破茁芽
一絲一寸
綻成另一個千禧展望

就那樣坐著吧！也好
坐成一塑秋雕

寄自維州，一九九九年

無聲

小園昨夜一陣雨
群芳飲醉天醇
裸入晨光裡
羞得更鮮麗

喬柯默默
吞嚥夏日晴煙，
撐出一天綠
撒滿園涼蔭

涼蔭一角
誰在獨坐無聊？
看花看草
聽蟬聽鳥
聽微風學奏雨的韻調

臨去別忘拾起
花徑上

太陽曳落的金縷絲
細細抽成五線弦
譜一曲
無聲勝有聲

光陰，一寸一寸
躡消了日焰
瘖啞了心弦
淨留一泓虛靜
澄照「色」「空」相泯

種子

給我一塊淨土沃田
我就報你
生生世世的成長與豐盛

任你擷享
花果的甜美
綠蔭的清涼

還讓你留傳
子子孫孫後世
一柱永恆祝福的心香

【後記】

黃昏散步，行經人家後院，見花樹結果累累，南瓜藤伸延至路邊，黃花碩實並呈，欣然感動作此閒詩。

二〇〇九年九月五日

語言文學類　PG0412

如是我在

作　　者／程明琤
責任編輯／林泰宏
圖文排版／黃莉珊
封面設計／陳佩蓉

發 行 人／宋政坤
法律顧問／毛國樑　律師
印製出版／秀威資訊科技股份有限公司
114台北市內湖區瑞光路76巷65號1樓
電話：+886-2-2796-3638　傳真：+886-2-2796-1377
http://www.showwe.com.tw
劃撥帳號／19563868　戶名：秀威資訊科技股份有限公司
讀者服務信箱：service@showwe.com.tw
展售門市／國家書店（松江門市）
104台北市中山區松江路209號1樓
電話：+886-2-2518-0207　傳真：+886-2-2518-0778
網路訂購／秀威網路書店：http://www.bodbooks.tw
國家網路書店：http://www.govbooks.com.tw
圖書經銷／紅螞蟻圖書有限公司
114台北市內湖區舊宗路二段121巷28、32號4樓
電話：+886-2-2795-3656　傳真：+886-2-2795-4100

2010年11月BOD一版
定價：320元

國家圖書館出版品預行編目

如是我在 / 程明琤. -- 一版. -- 臺北市 :
秀威資訊科技, 2010.11
面 ; 公分. -- (語言文學類 ; PG0412)
BOD版
ISBN 978-986-221-551-7 (平裝)

848.6 99014512

讀者回函卡

感謝您購買本書，為提升服務品質，請填妥以下資料，將讀者回函卡直接寄回或傳真本公司，收到您的寶貴意見後，我們會收藏記錄及檢討，謝謝！

如您需要了解本公司最新出版書目、購書優惠或企劃活動，歡迎您上網查詢或下載相關資料：http:// www.showwe.com.tw

您購買的書名：________________________________

出生日期：________年________月________日

學歷：□高中（含）以下　□大專　□研究所（含）以上

職業：□製造業　□金融業　□資訊業　□軍警　□傳播業　□自由業

□服務業　□公務員　□教職　□學生　□家管　□其它_____

購書地點：□網路書店　□實體書店　□書展　□郵購　□贈閱　□其他

您從何得知本書的消息？

□網路書店　□實體書店　□網路搜尋　□電子報　□書訊　□雜誌

□傳播媒體　□親友推薦　□網站推薦　□部落格　□其他__________

您對本書的評價：（請填代號　1.非常滿意　2.滿意　3.尚可　4.再改進）

封面設計____　版面編排____　內容____　文／譯筆____　價格____

讀完書後您覺得：

□很有收穫　□有收穫　□收穫不多　□沒收穫

對我們的建議：________________________________

____

____

____

請貼
郵票

11466
台北市內湖區瑞光路 76 巷 65 號 1 樓

秀威資訊科技股份有限公司 收

BOD 數位出版事業部

(請沿線對折寄回,謝謝!)

姓　　名:＿＿＿＿＿＿＿＿ 年齡:＿＿＿＿ 性別:□女　□男

郵遞區號:□□□□□

地　　址:＿＿＿＿＿＿＿＿＿＿＿＿＿＿＿＿＿＿＿＿

聯絡電話:(日)＿＿＿＿＿＿＿＿＿＿ (夜)＿＿＿＿＿＿＿＿＿＿

E-mail:＿＿＿＿＿＿＿＿＿＿＿＿＿＿＿＿＿＿＿＿